황토

조정래 장편소설

황토

해냄

|작가의 말|

새로 탄생한 장편 『황토』

 "사실 이 두 중편(「황토」·「비탈진 음지」)은 이른바 장편 양식의 관점에서 봤을 때 결코 장편에 손색이 없는, 다만 양적인 면에서 거기에 미치지 못한 분량이라 형식적으로 '중편'이라 명명될 따름이다. ……(중략)…… 현실과 역사를 배경화하여 원심화하였기 때문에 중편임에도 장편적 중량감을 느끼게 되는 것이다. 어쨌든 「비탈진 음지」와 「황토」는 이 시기, 즉 작가로서 초기부터, 그리고 군부 독재로 상징되는 70년대 전반기에 조정래가 무엇에 각별한 관심을 가지고 또 어떤 것을 서사의 핵으로 움켜쥐는가를 명확히 보여준다."

문학평론가 임규찬 씨가 작품론에서 한 말이다.
70년대 초반 그때 '청년문화'라는 이상한 말과 함께 청바

지와 통키타가 유행되고 있었다. 그 바람은 문학계의 젊은 작가들까지 흔들고 있었다. 그런데 나는 어쩌자고 그 반대 방향으로 고개를 돌리고 「황토」를 쓰고, 「비탈진 음지」를 쓰고 그랬을까.

그 시절은 지금과 무척 달라서 세상은 가난에 찌들어 있었고, 지금처럼 문학지 범람의 시대가 아니라 문학지 가뭄의 시대였다. 그래서 작가들은 주로 단편을 쓸 수밖에 없었다. 그런 상황에서 나는 '장편'으로 써야 할 이야기를, 저 옛날, 중국에서 여자들에게 전족을 하듯이 '중편'으로 오그라뜨려야 했다. 그렇게 태어난 「황토」와 「비탈진 음지」를 대할 때마다 늘 께름칙하고 미안했었다. 그런데 이번에 장정을 바꾸어 재출간하는 기회를 맞아 장편으로 개작을 하기로 했다. 이제 내 작가 연보에서 중편 「황토」는 사라지고, 장편 『황토』가 새롭게 탄생하게 되었다. 이를 정본으로 삼고자 한다.

  크고 작은 온갖 새들이 자유롭게 나는 문학의 창공에서 새 장편 『황토』도 맘껏 날며 새 독자들을 많이 만나기를 기대한다.

2011년 5월
조정래

| 차례 |

작가의 말 5

탄생의 비밀 11

안 보이는 흠 39

짧은 사랑, 긴 정 107

드러나는 흠 181

인생, 그 굽이굽이 257

작가 연보 277

탄생의 비밀

눈은 사흘을 거푸 내리고 있었다.

그녀는 흩날리는 눈발을 오래도록 깊이 바라보다가 눈길을 거두었다. 보리차를 컵에 따르는데 전화 벨이 울렸다.

"여보시요, 평화상회죠?"

송수화기를 들자마자 급하고도 퉁명스럽게 울리는 남자의 목소리였다.

"네, 평화상회예요."

그녀는 손님을 대하는 예절대로 또렷하면서도 정감 어린 음성으로 대꾸했다. 뒤이어 상스러울 만큼 큰 목소리가 다급하게 쏟아졌다.

"박동익 보호자 되십니까?"

"네에……."

그녀는 대답을 하며 빠르게 창 밖의 눈발에 시선을 돌렸다. 그리고 코끝을 맵게 스치는 화약 냄새를 맡았다. 왼손으로 상품 진열대 모서리를 잡고 있는 그녀의 미간에는 어떤 통증이 서린 잔주름이 피어 있었다.

"여보세요……."

"여기 ××경찰섭니다."

수화기의 크고 컬컬한 목소리는 다급한 그녀의 말을 밀어붙였다.

"박동익의 조난 사고를 알립니다. 보호자는 곧 본서로 출두하십쇼. ××경찰섭니다."

그녀는 이제 화약 냄새를 맡는 게 아니라 폭음을 듣고 있었다. 그 쿠렁쿠렁하게 큰 목소리는 폭음으로 변해 그녀의 귀청을 찢었다.

"여보세요, 여보세요!"

이미 전화는 끊겨 무표정이었다.

새까만 하늘, 소용돌이치는 물결, 불그죽죽한 냄새, 불꽃, 먼지, 아우성……. 그녀는 눈을 꼭 감은 채 귀를 막았다. 휘돌고 소용돌이치는 어지러움이 전신을 허물어뜨리고 있었다.

어떤 일의 불길한 예감을 앞세우고 화약 냄새는 퍼졌고, 불의의 사고나 예기치 못한 곤경에 빠질 때 그 진저리쳐지는 폭음은 일어났다. 혼자 몸으로 아이들을 붙안고 전쟁을 치르면서 얻은 병이었다.

동익이놈── 제 친구들 셋과 겨울 등반을 떠났다. 한두 번의 일이 아니었는데도 왠지 마음이 께끄름했다. 그녀는 전에 없이 일행이 '네' 명이라는 것이 마음에 걸리기도 했다. 떠나고 이틀째 되는 날부터 눈은 내리기 시작했다. 아들 동익이는 그녀의 께끄름한 마음은 아랑곳없이 눈이 내리지 않는 것을 불만스러워하며 집을 나섰다. 눈이 많이 와야 훈련이 효과적이라는 거였다.

그녀는 이마에 흘러내린 머리칼을 쓸어올리며 더디게 일어섰다. 진열된 옷들이 어지럼증 속에서 흔들리고 뒤엉키고 있었다. 급한 마음처럼 거동을 서두를 수가 없다. 아들 동익이가 큰 변을 당했을 것 같은 불길함에 그녀는 포박당해 있었다.

그녀는 진열대에 의지해 선 채 안쪽에 대고 식모아이를 불렀다.

"빨리 문 닫거라."

"지금 몇 신디유. 아줌마 어디 아프셔유?"

"잔소리 말고 어서 서둘러라."

낮은 그녀의 말은 바깥 날씨처럼 차가웠다.

식모아이가 여섯 개의 양철문을 차례로 붙여 닫고 쪽문으로 들어설 때까지 그녀는 무슨 일부터 해야 좋을지 결정을 내리지 못하고 있었다. 경찰서부터 갈 것인가, 아니면 큰아들 태순이에게 먼저 알릴 것인가…….

혼자 경찰서를 가는 것. 생각만으로도 오싹 소름이 끼치는 일이었다. 조난을 당하고 있다는 것인지, 조난에서 구해냈다는 것인지, 구했으면 어디를 얼마나 다쳤는지. 전화 연락만으로는 아무것도 종잡을 수 없이 뒤엉키는 불안과 두려움 때문만이 아니었다. 그런 것에 앞서 경찰서 하면 으레 주재소, 순사, 아버지, 야마다가 범벅이 되어 머리를 치는 탓이었다. 그런 때면 그녀의 어깨는 움츠러들고 무릎이 맞붙으면서 몸이 아주 조그맣게 오그라들었다. 평생 시달려온 공포고 아픔이었다. 세월이 바뀌고 나이가 들어가면서 그 기억을 떼치려고 애도 많이 써보았지만 마음은 생각대로 말을 듣지 않았다. 30년이 넘는 세월이 흘렀는데도 그 공포는 조금도 가시어지질 않았다. 무심코 길을 가다가도 파출소나 경찰서 앞을 지나게 되면 소스라치게 놀라고는 했다. 호구 조사를 나온 경찰을 대하고도 가슴은 줄곧 방망이질이었다. 서투른 초행길이라도 교통순경에게 길을 물어본 적이 없었다.

아들의 일이 못 견디게 초조할수록 혼자 경찰서를 가야 된다는 공포감은 더했고, 혼자 경찰서를 갈 수 없는 두려움이 겹칠수록 아들이 흉악한 일을 당해버린 것 같은 무서운 예감은 커지고 있었다.

그런데 그녀의 가슴이 미어지는 것은 이런 때 선뜻 큰아들 태순이에게 연락을 할 수 없는 일이었다. 동익이의 일인 경우에는 더 그랬다. 태순이는 제 동생 동익이를 미워하는 정도가 아니었다. 저주를 했다. 어렸을 때부터 동익이가 형이라 부르는 것을 진저리치며 싫어했다. 남들이 있는 자리에서 형이라고 불렀다가는 동익이는 태순이의 무작스런 주먹에 결딴이 났다. 태순이가 20여 년 동안 동생에게 줄기차게 가해온 학대와 횡포는 당연히 어머니인 자신에 대한 멸시와 불신이라는 것을 그녀는 너무나 잘 알고 있었다.

 그렇다고 딸 세연이에게 알릴 수도 없는 일이었다. 세연이는 동생 동익이를 대하는 데 제 오빠와는 달랐다. 언제나 감싸고 다독거렸다. 셋 다 어렸을 때의 일이었다. 태순이가 친구들과 수영을 가는데 동익이가 따라나섰다. 태순이가 데려갈 리가 만무였다. 동익이는 자꾸 추근거리다가 끝내 제 형의 발길에 차여 코피를 쏟았다. 그때 세연이는 제 오빠에게 무서운 기세로 덤벼들었다. 그러다가 사납게 휘두르는 태순이의 주먹에 얻어맞고 세연이도 코피를 흘렸다. 딸 세연이가 어렸을 때 동익이를 감싸고 돌았던 것은 제 오라비는 말할 것도 없고 그 누구에게나 손가락질당하고 구박을 받는 동익이를 불쌍히 여기는 계집애의 여린 마음 때문이었을 것이고, 철이 들면서부터는 어머니인 그녀의 어찌할 수 없었던 처지를 같은 여자의 입장에서 이해하기 때문이었는지도 모른다. 지금도 딸에게 연락을 하면 어떻게 해서든 달려올 것이다. 그러나 아이들을 가르쳐야 하는 선생인 딸의 책임을 소홀하게 할 수가 없었다. 딸은 선생이 된 후로 3년 동안 아무리 몸이 불편해도 결근은 고사하고 지각 한번 한 일이 없었다.

그녀는 전화 다이얼을 돌리기 시작했다. 큰아들 회사 번호였다.

잠깐만 기다리라는 여사무원의 말이 있은 다음 아들의 목소리가 들릴 때까지, 그 길지 않은 시간 동안 그녀의 가슴은 쿵쿵 울렸다.

"어쩐 일이세요?"

언제나처럼 무뚝뚝한 아들의 음성이었다. 그녀는 숨을 들이켰다.

"동익이가 말이다, 동익이가……."

그녀는 그만 목이 메었다.

"그 자식, 또 일 저질렀어요?"

짜증난 아들의 목소리는 너무나 컸다. 그녀는 자신도 모르게 전화를 끊으려 하다가 놀라며 송수화기를 다시 잡았다.

"글쎄 동익이가……."

"빨리 결론부터 말하세요. 지금 바빠요."

아들의 거친 말에 쫓기듯 그녀는 한달음에 쏟아놓았다.

"동익이가 조난을 당했다는구나……."

"조난을 당해요? 거 멋지게 됐군요."

태순이는 콧방귀까지 뀌었다. 그녀는 왈칵 울음이 솟구쳤다.

"……."

"피는 못 속여요. 인디안을 개 잡듯 한 그 살인자들의 피가 동해서 그 자식이 그따위예요."

큰아들 태순이는 느글느글하게 느껴지는 목소리로 빈정거리고 있었다.

그녀는 자신도 모르게 송수화기를 놓고 말았다.

이제 그녀에겐 경찰서를 혼자 가야 하는 두려움 같은 것은 깨끗이 없어지고 말았다. 갑자기 용기가 생긴 것이 아니다. 악이 받친 것이다. 아니 그 누구에게도 말 못할, 말한다 해도 풀릴 길 없는 한의 피멍이 터진 것이었다.

큰아들 태순이에게 이처럼 막다른 골목으로 쫓긴 것이 이번이 처음은 아니었다.

두 동생의 코피를 터뜨려놓고 대문을 나서면서 태순이는 외쳐댔었다.

"세연이 네가 동익이 저 새낄 그따위로 편들고 돌면 어떻게 되는지 알아? 너도 담에 그런 서방 얻어서 동익이 같은 애새낄 낳게 된다 그거야. 알아듣겠어?"

 그때 마루로 뛰쳐나온 그녀는 현기증을 가누느라 기둥을 붙들고 주저앉았던 것이다. 잠시 후 애써 눈을 뜬 흐린 시야에는 닛본또〔日本刀〕를 찬 야마다의 냉소가 서린 강파른 얼굴이 어른거렸다. 코피를 흘리는 두 자식을 붙안고 그녀는 죽음을 생각했다. 그러나 자신은 혼자가 아니었다. 세 자식을 거느린 목숨, 어머니였다.

 태순이가 동익이를 구박하고 괴롭힐 때마다 그녀로선 단 한 번 에미답게 떳떳하게 나무랄 수가 없었다. 그것이 그녀의 깊이를 헤아리기 어려운 슬픔이고 고통이었다. 그런데 우연히 태순이의 일기장을 보게 된 다음부터 그녀의 아픔은 뼈에 사무쳤다. 그리고 동생에게 난폭하게 굴 수밖에 없는 태순이를, 형에게 무조건 억울하게 당하기만 하던 동익이와 똑같이 가엾고 불쌍하게 감싸지 않을 수가 없었다.

 중학교 2학년인 태순이의 일기장에는 동익이를 동생으로 둔 자신이 남들에게 놀림을 당하는 분함과 손가락질을 당하는 수치심으로 가득 차 있었다. 그리고 어른들의 흉거리가 되는 어머니를 옹호할 수 없는 괴로움과, 왜 하필이면 우리 어머니가 동익이 같은 애의 어머니가 되어야 했는지 괴롭게 울고 있었다.

 태순이는 자기가 동생 동익이를 때리거나 구박할 때 어머니의 속이 상한다는 걸 다 알고 있었다. 그런데 동익이를 대하면 사나운 셰퍼드로 돌변하는 것이다. 그러면서도 그런 식의 일기는 계속 쓰고 있었다. 그녀는 그런 큰아들의 괴로움 앞에서 깊은 속울음을 울어야 했다.

 철이 든 태순이가 그녀의 면전에서 방금 같이 심한 말을 한 일은 없었다.

 ──피는 못 속여요. 인디안을 개 잡듯 한 그 살인자들의 피가 동해서 그 자식이 그따위예요.

 태순이의 빈정거리던 그 한마디 한마디가 얼음 조각의 파편이 되어 그녀의 가슴팍이고 얼굴이고를 가리지 않고 박혀왔다.

 그래서 어쩌라는 것이냐. 사흘씩이나 퍼부은 눈 때문에 조난을 당했다는데 어찌 그런 말을 할 수 있는 것이냐. 동익이가 죽기라도 해야 속이 시원하겠단 말이냐.

 그녀는 그 말을 듣는 순간 견디기 어려운 모멸감에 휩싸였다. 그건 서른한 살의 아들 앞에 발가벗고 서 있는 듯한, 차라리 죽음보다 독한 치욕이었다.

다다미방 사방 벽에는 전신이 다 비치는 거울이 걸려 있었다. 열일곱 살의 점례는 발가숭이가 되어 다다미방을 개처럼 두 팔 두 무릎으로 기었다. 고개만 들면 숨이 멎도록 부끄러운 자신의 발가벗은 모습이 거울에 송두리째 드러나는 것이다. 아니, 무슨 미친 짐승처럼 헐떡이는 야마다의 그 징그러운 알몸뚱이가……. 그래서 점례는 한사코 고개를 처박은 채 눈을 꼭 감고 기어야 했다. 그러다가 야마다의 호령이 떨어지면 지체 없이 자세를 바꿔야 했다. 점례는 더 살고 싶지 않았다. 죽는 것이 가장 편한 길이라 여겨졌다. 거울 앞에 걸려 있는 긴 칼, 칼날에 머리카락을 올려놓고 입김으로 훅 불면 머리카락이 사르륵 잘린다는 일본 칼, 그 닛본또라는 긴 칼에 목이 단숨에 잘리고 싶었다. 그 날이 시퍼런 칼에 단숨에 죽고 말면 아무런 고통도 없을 거였다. 그러나, 그러나…… 혼자서만 죽고 마는 것이 아니었다.

피는 못 속인다고? 그럴지도 모른다. 그 짐승 같던 야마다의 피가 느적느적하고 끈적끈적하게 살아 있기에 그다지도 몰인정한 것이 아니겠느냐. 그녀의 어지러운 시야에는 흘러간 세월의 간격을 일시에 무너뜨리며 야마다의 그

소름 끼치는 모습이 밀려들고 있었다.

조서를 꾸미는 경찰은 일제시대의 순사를 너무나 닮아 있었다. 목수들이 일본말을 고치지 못하고 그대로 쓰는 것과 같았다.

"박동익이가 아들입니까?"

"네."

"틀림없이 댁의 아들이란 말이죠?"

그녀는 무례한 경찰의 시선을 굳이 피하지 않았다.

"몇 번씩 같은 대답을 해야 하나요?"

그녀는 경찰의 눈을 노려보듯 똑바로 쏘아보았다. 20여 년 동안 받아온 그런 눈길을 상대가 경찰이라 해서 기 죽으며 당할 그녀는 아니었다. 무사히 구조되었으나 동상 때문에 입원 중이라는 아들 동익이를 어서 만나는 것이 그녀의 마음 다급한 일이었다.

"됐소. 가시오."

경찰은 입가에 이상야릇한 웃음을 물며 떨떠름한 입맛을 다셨다. 그 얼굴에는, 더럽게 굴러 먹으셨군, 하는 멸시와 조롱이 찐득하게 내배고 있었다. 모두가 다같이 전쟁이라는 흙탕물을 뒤집어썼으면서도 그녀를 향한 사람들의 따돌림은 인정사정없이 맵고도 짰다.

동익이는 그녀를 보자 울먹였다.

"어머니 죄송해요. 그치만 에베레스트는 꼭 정복하고 말겠어요."

동익이는 제가 하고 싶은 일을 제지당하기라도 한 것처럼 이 말부터 했다.

"그게 뭘 그리 대단하다고……, 몸은 좀 어떠냐."

"괜찮아요. 심하지 않으니까 며칠만 있으면 깨끗이 나을 거예요."

"이제 등산도 그만 하렴. 그게 좀 위험한 짓이냐."

"엄마는 아무 걱정 마세요. 등산은 에베레스트를 정복할 때까지 계속할 거예요. 그래서 나도 당당한 사람이라는 걸 꼭 보여주고 말겠어요."

그녀는 아들의 파란 눈동자를 외면하고 말았다. 그녀의 가슴은 쓰라린 슬픔으로 미어져오고 있었다. 누가 저더러 사람이 아니랬길래. 누구보다도 제 형에게 당당하게 보이고 싶겠지. 그녀는 속울음을 씹어 넘기며 동익이의 손을 감싸잡았다.

동익이는 고등학교에 들어가면서부터 등산을 시작했다.

언제나 말이 없고 우울한 그 애는 등산을 떠날 때만은 생기 도는 즐거움을 드러내고는 했다. 얼굴이 안 보이도록 모자를 푹 눌러쓰고 거기다가 고개까지 숙인 채 한사코 길가만 골라서 걷는 것이 동익이의 버릇이었다. 그러나 등산복 차림을 하고 나서면 전혀 딴 사람처럼 활기 차고 명랑하게 변했다. 그것만으로도 그녀는 작은아들이 등산에 취미를 붙인 것을 다행으로 여겼다. 그런데 동익이는 언제부턴가 에베레스트를 정복하겠다는 꿈을 꾸기 시작했던 것이다. 처음에 그녀는 등산 재미에 빠진 철없는 나이 탓이겠지 했다. 그러나 동익이의 그 꿈은 일시적인 기분이나 생각 얕아서 생긴 것이 아니었다. 바위 타는 등산 장비들을 사는 것은 그러려니 했더니 등산 전문 서적까지 차곡차곡 모아들이기 시작했다. 그때도 그녀는, 등산 좋아하다 보면 누구나 한번은 오르고 싶어하는 봉우리라서 동익이도 그러는 것이겠거니 했다. 그런데 대학에 진학하고 나서는 에베레스트 정복대를 조직한다며 열을 올리는 모양이었다. 그녀는 문득 놀라지 않을 수 없었다. 그러나 그녀가 더욱 긴장한 것은 모집된 정복대원 모두가 아들 동익이와 같은 처지의 젊은이들이라는 점이었다. 그들은 세계에서 제일 높은 봉우리인 에베레스트를 정복해서 자기들을 멸시하고 천대하고 놀리고 왕따시킨 모든 사람들에게 자기들도 사람이라는, 느네들 못지 않은 당당한 사람이라는 것을 꼭 보여주고야 말겠다고 하더라는 것이다.

"엄마, 동익이를 막지 마세요. 동익이는 누가 막아도 말을 듣지 않을 거예요. 그리고 동익이는 그 꿈을 이뤄야만 사람으로서 자신 있게 이 세상을 살아갈 수 있어요. 엄마가 비용 다 대기 힘겨우면 제가 보탤게요. 동익이가 제 자신을 위해 그런 길이라도 선택한 것을 다행으로, 고맙게 생각해야 해요."

이렇게 말하는 딸 세연이가 그렇게 고마울 수가 없었다. 그녀는 딸의 손을 마주잡으며 가슴이 눈물로 차고 있었다. 딸의 말마따나 그렇게라도 해서 사람값을 내보이며 당당하고 떳떳하게 살아가고 싶어하는 동익이가 얼마나 다행스럽고, 고마운 것인가. 그렇지 않고 기 죽고 마음병 들어 비뚤어지고 엇나가며 사람이기를 포기해 버리면 어찌할 것인가. 이번에도 딸은 자신의 실한 기둥이 되어 주고 있었다.

"그렇지, 그렇지. 사람 나쁘게 되고, 신세 망치는 일이 어디 한두 가지냐. 세계에서 제일 높은 봉우리 정복하면 온 세상이 다 떠받들어주던데. 그런 생각한 동익이가 고맙구 말구. 비용일랑 걱정 말거라."

그녀는 딸의 손을 꼭꼭 쥐었다. 술에 빠지고, 마약에 휘둘리고, 노름에 넋 놓고, 그러다가 사고 쳐 감옥에 드나들고, 사람 망치는 길은 수없이 많았다. 말이 씨 될까 무서워 그녀는 그런 말을 삼켜 누르며 으시시 몸을 떨었다.

태순이와 동익이가 치고 박는 큰 싸움을 벌인 것도 그 때문이었다. 그 일을 어떻게 알았던지 태순이가 느물느물 빈정거리다가 싸움은 불이 붙었다.

"뭐 에베레스트를 정복하시겠다구? 사람임을 증명하려는 대계획이시래지? 하아, 에베레스트를 정복하시면 그꼴들이 달리 변할 것 같은가? 에베레스트 산신령께서 아무쪽으로나 순종을 만들어주겠다는 보증 수표를 해주기로 했다면 또 모르지만 말씀이야."

태순이는 캬캬캬 웃어젖혔다. 어깨까지 심하게 들썩거리는 그 웃음소리는 이상하게 비비틀리는 가성이었다.

"아구창 닥쳐!"

동익이는 큰 짐승이 울부짖듯 했다. 입술을 깨물며 부

르르 떠는 동익이의 파란 눈동자에는 파란 불이 켜져 있었다.

"뭐 아구창! 이 자식이 건방지게……."

더 크게 외쳐대며 태순이의 발이 날아갔다. 그러나 비명을 지르며 방바닥에 나뒹굴어진 것은 태순이었다.

그러나 그렇게 당하고 말 태순이가 아니었다. 태순이는 동익이보다 더 무섭게 눈에 불을 켜고 주먹을 휘둘러댔다.

둘이 뒤엉키는가 했더니 번쩍 들린 태순이가 다시 여지없이 방구석에 처박혔다. 태순이는 핏기 가신 창백한 얼굴로 마구 욕지거리를 내뱉으며 또 벌떡 몸을 일으켰다. 그녀는 누구를 붙들어야 좋을지 몰라 허둥지둥했다. 대학생이 되면서 키도 몸집도 형보다 더 커져버린 동익이었지만, 그렇게 기운이 셀 줄은 몰랐다. 등산도 힘 많이 쓰는 운동이라 그렇게 기운이 세진 모양이었다. 운동이라고는 특별히 한 일이 없는 태순이는 동익이의 상대가 아니었다. 나이를 따져서도 그렇고, 기운을 봐서도 그렇고, 그녀는 작은아들을 붙들 수밖에 없었다. 그러나 그녀는 작은아들을 붙들고 매달렸다가 어린애처럼 나동그라지고 말았다. 기운을 쓰는 작은아들의 팔은 억센 나뭇등걸 같았고, 태순이가 왜 그렇게 허망하게 나가떨어지고 마는지 알 것 같았다. 작은아들의 몸은 초등학교 때 목물을 시켜주던 때의 몸이 아니었다. 그 연약했던 몸은 이제 바윗덩어리 같은 장정으로 변해 있었다. 무상한 것만 같던 세월은 그렇게 유상하기도 했던 것이다. 동익이는 입술을 깨문 채 버티고 서 있다가 태순이가 덤비면 사정없이 후려갈기거나 내질렀다.

그녀는 완전히 무시당하고 있는 레슬링 심판꼴이었다.

"동익아, 동익아, 이 에미를 봐서 제발······."

그녀는 울듯이, 빌듯이 작은아들에게 매달렸다.

"나도, 나도 이러고 싶지 않다구요. 내가 먼저 잘못한 게 아니잖아요."

동익이가 주먹 쥔 손등으로 눈을 훔치며 말했다. 동익이는 눈만 울고 있는 것이 아니었다. 목소리도 울고 있었다.

알아, 알아······. 그녀는 이 말만 곱씹을 뿐 그 다음 말을 차마 입 밖으로 내놓을 수가 없었다. 네가 형한테 지면 될 것 아니냐. 형한테 맞아주라는 이 말이 작은아들에게 통할 리 없었던 것이다. 그 말은 자칫 잘못하면 어머니가 무조건 큰아들 편만 드는 것처럼 여겨져 작은아들에게 큰 상처가 될 수도 있었던 것이다.

 딸이 있었으면 싸움이 이다지 험하게 되지는 않았으리라 싶었다.

 기어이 태순이가 눈을 히멀건하게 뜨고 늘어져서야 싸움은 끝이 났다.

 "누가 이따위 꼴로 이 세상에 나오고 싶어 나온 줄 아니? 내 죄가 아니란 말이다, 이 병신아!"

 동익이는 쓰러져 있는 태순이의 허벅지를 걷어차고 방을 나가버렸다.

 그날 밤 동익이는 돌아오지 않았다. 아무 소식이 없는 채로 사흘이 지나갔다. 그녀는 애꿎게 빈손만 말아쥐었다가 쥐어뜯다가 하며 종종걸음을 쳤다. 이틀이나 자리에 누워 한약을 달여먹어야 했던 태순이는 소식이 없는 동익이에 대한 그녀의 애끓이는 마음을 외면했다. 그러나 태순이는 줄곧 시무룩했고, 말 한마디 하지 않았다. 그녀는 또 그런 태순이가 짠하고 마음을 그늘지게 했다. 다른 때 같았으면 기분 내키는 대로 동익이를 욕해대고, 걱정하는 자신을 핀잔했을 것이다.

 나흘째 되는 날 동익이는 제 누나의 손에 이끌려 돌아왔다. 용돈을 좀 달라고 학교로 전화를 걸어왔더란 것이다. 세연이는 약속한 다방에 나가 동익이를 애원하듯 구슬렸다. 동익이의 태도는 완강했다. 모두가 손가락질하고 비웃어대는 세상에서 형까지 그 모양이니 더는 살고 싶지 않다는 것이 동익이의 마음이었다. 그래, 네 맘이 어떤지 다 알어. 아니, 다 안다는 건 거짓말이겠지. 네 맘이 얼마나 외롭고 고통스러운지 충분히 짐작할 수 있어. 내가 너 처지였더라도 너와 똑같이 죽을 생각을 했을 거야. 그치만 넌 너 혼자가 아니야. 네 옆엔 어머니가 있어. 너가 죽고 말면 어머니는 어찌 될 것 같으니. 어머니가 그냥 사실까? 정말 아무렇지도 않게 그냥 사실까? 아니야, 어머니도 죽을 거야. 틀림없이 널 뒤따라 죽고 말 거야. 널 키워 오면서 어머니가 얼마나 상처받고, 서럽고, 고통스러웠는지 너 깊이 생각해 본 일 있니? 그 상처와 서러움과 고통은 너보다 훨씬 더 심하고 클지도 몰라. 어머니는 여자잖아. 여자로서 받은 손가락질과 멸시와 창피스러움이 견디기 얼마나 힘들고 고통스러웠겠니. 넌 그걸 생각해야 해. 너가 생각 짧게 해서 죽는다는 건 곧 어머니를 죽이는 살인행위야. 그리고 동익아, 눈을 크게 뜨고 이 세상을 봐. 넌 너일 뿐이야. 이 세상 사람들이 널 어떻게 보든 그건 그들의 천박함이고 야비함일 뿐이야. 넌 누가 뭐라든 네가 하고 싶은 일을 해가면서 꿋꿋하고 굳세게 살아가는 거야. 그게 인생이야. 내가 힘이 돼줄 테니까 힘을 내고, 마음을 바꿔 먹어 제발. 마음을 바꿔 먹으면 그 순간 이 세상은 딴 세상이 되는 거라구. 말을 하다 보니 세연이는 자신도 모르게 눈물 어린 하소연을 하고 있었다.

동익이가 돌아오고 난 다음 태순이의 태도는 완전히 다르게 변했다. 싸움에 진 개가 꼬리를 축 늘어뜨리듯이 보기에 딱할 지경으로 기가 꺾이고 말았다. 굳이 좋게 말한다면 동생에게서 눈길을 돌려버린 것이었다.

그녀는 그런 큰아들의 돌변한 태도에서 또다른 기억을 떠올렸다.

해방의 소식이 전해지자 야마다는 "빠가야로"를 외치며 벌떡 일어서다가 비틀비틀 쓰러졌다. 그리고 그날 저녁부터 밥을 먹지 못했다. 핏기라고는 없이 핼쑥한 얼굴로 쪼그리고 앉아 알아들을 수 없는 소리를 쉴 새 없이 중얼거렸다. 날이 어두워지자 닛본또를 움켜잡고 문을 향해 앉아 밖에서 무슨 소리만 나면 화들짝 놀라곤 했다. 점례는 그런 야마다의 닛본또 잡은 손이 계속 바들바들 떨리는 것을 보았다. 야마다는 그렇게 앉은 채로 꼬박 밤을 새웠다. 연이틀 밤을 그러더니만 사흘째 되는 날 새벽에 점례가 잠이 깨어보니 야마다는 보이지 않았다. 야음을 타고 떠나버린 것이었다. 다다미방에는 못쓰게 된 나무젓가락처럼 닛본또가 아무렇게나 버려져 있었다.

그녀는 동익이가 잠드는 것을 보고 어두워져 병원을 나섰다.

버스에서 내린 그녀는 문이 열린 상점에 불이 환히 밝혀져 있는 것을 보았다. 콧날이 찡해오면서 가슴에 파문지는 뜨거운 고마움을 느꼈다. 보나마나 딸 세연이가 한 일일 것이다. 동생 동익이의 일이 걱정되고, 어머니를 위로하려는 마음으로 저렇게 상점에 불을 밝히고 앉아 있는 것이리라. 세연이는 천상 여자답게 마음 씀씀이가 포근하고 자상했다. 그리고 행동거지가 가볍지 않으면서 다소곳했다. 양품점의 물건을 하러 도매 시장에 갈 때는 언제나 동행을 하고 나섰다. 출근을 해서 퇴근까지 잠시의 짬도 없다는 선생 노릇을 하는 딸과 함께 물건을 하러 가려면 천상 토요일 오후나 일요일밖에 없었다. 그러나 선생은 거의 종일

토록 서서 지내는데다, 계속 목청을 돋우어 말을 해야 하는 직업. 하루가 그렇고 1주일이 그렇고……, 서 있는 고역은 누구나 쉽사리 알 수 있는 것이지만, 장사를 하면서 손님을 대하는 그녀로선 말하는 것도 얼마나 힘이 들고 신경 쓰이는 일인지 잘 알고 있었다. 그래서 그녀는 모처럼의 토요일이나 일요일에 딸을 데리고 시장 바닥에 나가는 것을 죽자고 꺼렸다. 그러나 딸 세연이의 뜻을 꺾지는 못했다. 세연이는 물건값까지 척척 흥정을 하는 능청스러운 수완을 보이는 것이었지만, 더 중요한 일은 손님들의 눈길을 끌고 구매욕을 돋울 수 있는 물건을 고르는 일이었다. 유행에 맞는 색깔이나 디자인, 그러면서도 유치하지 않고 한눈에 손님들의 호감을 사고 구매 충동을 일으킬 수 있는 것으로 값이 싸면서도 품질을 보증할 수 있는 물건을 고르는 일은 세연이의 차지였다. 딸 세연이의 그런 안목이나 감각은 직접 장사를 하고 있는 그녀로서도 당해낼 도리가 없을 정도였다. 세연이는 여자 옷인 경우 아무리 마음에 드는 것이 있어도 두 벌 이상은 사지 않았다. 또 그렇게 산 물건은 결코 한꺼번에 진열하지 않았다. 그래서 재고가 나는 일이 거의 없고, 손님도 격을 갖춘 사람들인 동시에 자연스럽게 단골이 생기게 마련이었다. 세연이의 도움은 그것뿐이 아니었다. 집에 돌아와서도 틈만 있으면 상점에 나와 손님을 맞는 것이었다. 선생님 체면에 무슨 짓이냐며 그녀가 말렸지만 세연이는 그런 겉치레를 전혀 개의치 않았다.

 살았는지 죽었는지 알 수 없는 사람. 훤한 이마에 깊은 눈길을 지닌 말수가 적은 사람이었다. 아무리 감추려고 해도 표가 나던, 아랫배에 그려진 과거의 흔적을 찾아내지 못한 그 사람은 자기의 신부가 처녀인 줄만 알고 첫딸을 가진 아버지가 되었었다. 처녀 아닌 신부를 처녀로 믿어버린 그 남자는 순진하기 짝이 없는 총각이었다. 의심을 받는 진실의 억울함보다 믿음 앞에서 거짓을 비밀로 감추는 괴로움이 얼마나 고통스러운 것인지를 실감한 세월. 그 세월이 너무 짧게 끝나고 말아 그 사람의 믿음은 그대로 남고, 그 믿음을 속인 아픔도 그대로 남아 20년의 세월이 바람결인 듯 흘러간 것이다.

 "엄마, 어떻게 된 거예요?"

 그녀가 문을 열자 딸이 쫓아나왔다. 딸애의 눈자위가 빨갛게 젖어 있었다.

"괜찮다. 동상이 약간 걸렸더구나."

"아휴……."

세연이는 두 손으로 가슴을 감싸며 의자에 주저앉았다.

"전 오빠 말을 듣고 지금쯤 눈더미 속에 묻혀 어떻게 된 줄 알았어요."

"오빤 어디 있니?"

"여기 있습니다. 좀 어때요?"

태순이가 안채에서 상점으로 통하는 문을 들어서는 중이었다.

"무사하다."

그녀는 짧게, 그리고 분명하게 대꾸했다.

"그 얼빠진 자식, 인제 산 무서운 것에 겁 좀 먹겠군."

태순이는 시큰둥한 표정으로 중얼거리며 세연이 옆 의자에 앉았다.

"태순이 너, 아까 그런 소릴랑 동익이 앞에선 꺼내지도 말아라."

그녀는 정색을 하며 큰아들에게 일렀다.

"무슨 말인데요, 엄마?"

세연이가 눈치 빠르게 끼여들었다.

"참 어머니두……, 제 말이 뭐 틀렸나요? 그 자식이 에베레스트를 정복하겠다고 날뛰는 꼴은 거 권총 자루를 마구 휘둘러대며 인디언들을 마구 쏴죽이던 광기의 변형이라구요. 거 뭐 뻔드르르한 말, 프론티어래나 개척정신이래나……."

"오빠! 그게 무슨 말이에요. 도대체 무슨 말을 하자는 거예요."

세연이의 차가운 목소리가 태순이를 향해 화살로 날아갔다.

그녀는 샛문을 지나 안채로 들어가고 있었다. 모르는 것이 약이라는 말을 생각하면서.

안 보이는
흠

9월 중순으로 접어든 하늘은 깊게 사무치는 푸르른 색 쪽빛을 향해 끝없이 넓어져갔다. 개울물도 하늘을 닮아 시리도록 맑은 몸매를 길게 드리웠다.

그녀들 셋은 개울에서 빨래를 하고 있었다.

"참 순심아, 요새 막 징용을 끌어간대며?"

"그런가 봐. 남자들만 죽어나는 세상이야."

"대체 어디로 끌어가는 거지?"

"점예 넌 그것도 몰라? 싸움터지 어디야. 왜놈들이 제 놈들 싸움터에 우리 장정들을 끌어다가 죽이자는 거지 뭐니."

복실이가 방망이로 빨랫돌을 탕 치기까지 하며 목청을 돋우었다.

"애 목소리 낮춰라, 누가 듣겠다."

점례의 겁먹은 소리였다. 그녀들은 동시에 일손을 멈추고 좌우를 빠르게 살폈다. 개울물 흘러가는 소리만 가늘게 돌돌 말리고 있었다.

"죽기밖에 더하겠니?"

복실이 말이었고, 셋은 이내 시무룩한 표정이 되어 각기 일손을 놀렸다.

어디선지 들려오는 철 늦은 쓰르라미 소리가 바람결에 애틋하고 쓸쓸했다.

"남자들도 불쌍치만 여자들도 딱하다."

순심이가 어깨숨을 폭 내쉬었다.

"그건 무슨 말이니?"

점례는 순심이를 건너다보았다.

"생각해 보렴. 남편을 징용에 빼앗긴 여잔 과부 신세가 되고, 우리 같은 처녀는 시집가긴 다 틀렸잖니."

순심이의 이런 탄식에 점례와 복실이는 그만 킥킥대고 웃었다. 순심이도 장난스레 따라서 웃었다.

"못난 남자들은 그리 당해서 싸다. 오죽 변변찮았으면 나라를 다 빼앗길꼬."

복실이의 퉁명스러운 말이었다.

"누가 아니래. 무시당하고 짓밟히고 살다 못해 인제 싸움터에 끌려가는 판까지 됐으니 여편네고 딸자식이고 다 뺏기는 거지 뭐니."

그런 순심이의 말을 듣는 순간 점례는 오싹 소름이 끼쳤다. 왜놈들에게……, 끔찍스러운 일이었다.

"왜 그리 무서운 말들을 하니?"

점례는 빨래를 주무르는 손에 힘이 빠지고 있었다.

"무서워? 그래, 점예 너 같은 애들은 특히 조심해야 돼. 그 예쁜 얼굴을 지키는 주인이 없어봐라. 당장 매가 병아리를 채듯 휘이익……."

"얘 시끄러워. 무서워 죽겠다."

점례는 손바닥으로 두 볼을 감쌌다. 순심이는 두 팔을 쫙 벌려 매가 날아가는 시늉까지 하고 있었다.

"그런 심란스런 얘기 그만 하고, 고구마나 먹고 쉬어서 하자."

복실이가 건네는 고구마를 받아들고 셋은 일손을 놓았다.

따스한 햇볕 속에 드러난 허벅지들이 반들거리고 토실거리는 윤기를 품고 처녀들의 건강미를 한껏 발산하고 있었다.

 "……."

 점례는 고구마를 씹다 말고 귀를 모았다. 저 멀리 어딘가에서 자신의 이름을 부르는 소리가 들리는 것 같았던 것이다.

 ——점예야아, 점예야아…….

 잘못 들은 것이 아니었다. 먼 목소리는 어머니였다.

 우물거리던 고구마를 꿀떡 삼키며 점례는 몸을 일으켰다.

 "점예야아——."

 어머니가 저쪽 둔덕을 넘어서고 있었다. 점례는 어머니를 향해 뛰었다. 무슨 다급한 일이 생긴 것 같은 불길한 생각이 떠오른 것이다. 아버지가 나무에서 떨어진 것일까. 동생들이 무슨 말썽을 부렸나. 할아버지라도 돌아가셨을까. 점례의 머릿속을 휘돌고 지나가는 걱정거리들이었다. 무슨 큰일이 나지 않고서는 어머니가 빨래터에까지 내달아올 리가 없었던 것이다.

 "점예야, 점예야……."

땀 범벅이 된 어머니는 숨을 헐떡이며 비틀거렸다. 점례는 황급히 어머니를 부축했다.

"무슨 일 생겼어요, 어머니."

"아버지, 아버지가……."

숨 가쁜 소리가 울음으로 터져나왔다.

"아버지가 어찌 되셨는데요?"

점례는 어머니를 더 꼭 붙들면서 떨었다.

"끌려갔다, 주재소로 끌려갔어."

"아니, 주재소요?"

점례는 머리를 감싸잡았다. 땅도 앞산도 어질어질 흔들렸다. 주재소, 순사, 가죽 장화, 닛본또……. 조선사람들이 가장 겁내는 무시무시한 것들이었다.

"왜 끌려갔는데요?"

"무슨 일예요, 아주머니."

뒤따라 쫓아온 순심이와 복실이가 겁 질린 얼굴로 닶쳐 물었다.

"어서 가자, 어서. 지금쯤 아버지가 어찌 됐을꼬."

어머니는 징징 울었고 점례는 그 뒤를 따라 허둥지둥 뛰고 있었다.

"점예야아——, 빨래통은 우리가 가지고 갈게에."

순심이와 복실이의 이런 외침이 점례에게 들릴 리가 없었다.

한번 잡혀 들어가기만 하면 초주검이 되어 나온다는 주재소. 나와서도 골병 때문에 병신이 되거나 앓다가 죽고 만다는 그 무시무시한 곳, 참나무 몽둥이로 개 패듯 한다고 했다. 대꼬챙이로 손톱 밑을 뜬다고 했다. 고춧가루물을 눈이며 코에 들이붓는다고 했다. 물을 뿌릴수록 자꾸만 조여드는 쇠가죽 조끼를 입힌다고 했다. 팔을 뒤로 돌려 엄지손가락 두 개만을 묶어 공중에 대롱대롱 매단다고 했다. 인두를 달구어 가슴팍이고 등짝을 지진다고 했다. 아니, 손바닥 껍질을 벗기기도 하고, 그 위에 이글거리는 숯불을 올려놓는다고 했다. 그런 생지옥에 아버지가 끌려갔단 말인가. 무슨 잘못을 했기에 그런 끔찍스러운 곳에 잡혀갔을까. 배를 훔쳤을까, 사과를 훔쳤을까. 오늘 아침에도 어머니와 함께 예나 다름없이 과수원에 일을 나가지 않았던가. 치마를 거머잡고 뛰는 점례는 아무리 생각해도 아버지가 끌려갈 만한 이유를 어림짐작도 할 수가 없었다.

"무슨 일인지 말이나 좀 해요."

점례는 더 참을 수 없어 어머니를 덮쳐 잡듯이 소리쳤다.

"이 답답아, 아버지가 죽어가는 판에 한가하니 입 놀리게 생겼냐. 한시라도 빨리 가서 아버지부터 살려내야지."

숨을 헐떡이며 뛰고 있는 어머니는 허공을 와득 잡아뜯는 몸짓을 했다.

주재소 정문에서 점례와 어머니는 제지를 당했다. 언제나 살기와 냉기를 품은 순사는 총으로 앞을 가로막았다.

"저어……, 김삼, 삼수가……."

어머니가 심하게 말을 더듬으며 허리를 굽신굽신했다.

"뭐라고? 김삼수 그놈 여편네란 말이지?"

순사는 눈찌가 사나워지며 다가들었다.

"주임님 좀 만나게 해주세요. 주임님을……."

"비켜! 네까짓 것들이 감히 주임님을 만나 뭘 하겠다는 거야."

순사는 총대로 어머니를 떠밀었다. 손을 모으고 애걸하던 어머니는 서너 발짝 밀리며 비틀거렸다. 점례는 어머니를 끌어안았다.

"김삼수놈은 마땅히 죽어야 돼. 조센징이 감히 황국 신민을 때려? 그러고도 살아남길 바란단 말이지? 요런 뻔뻔스런 것들 같으니!"

 순사는 살기 어린 얼굴로 소리를 지르며 총대를 치켜들었다. 점례는 얼른 어머니를 막아섰다. 그러면서 가슴에서 와르르 돌더미 무너지는 소리를 들었다.

 일본 사람을 때리다니! 이게 무슨 일인가. 일본 사람의 그림자도 밟아서는 안 된다고 하는 세상에서 일본 사람을 때리다니. 아버지가 어쩐 일인가. 무슨 일이 있었던 것인가. 닛본또 흔들리는 소리만 듣고도 개가 꼬리를 늘어뜨리고, 선잠 깨어 울던 아이도 순사 온다는 말에 덜컥 울음을 그치는 판국에 어쩌자고 일본 사람을 때렸단 말인가. 어느 집에서고 우는 아이의 울음을 그치게 하려고 '순사 온다, 순사' 하는 말을 으레 쓰는 건 괜한 일이 아니었다.

 ──김삼수놈은 마땅히 죽어야 돼.

 점례는 가슴이 막혀 숨 쉬기도 어려웠다. 또 땅이 흔들리고 출렁거렸다.

 "주임님을 한 번만, 딱 한 번만 만나게 해주세요."

 어머니는 또 순사 앞에 손바닥을 싹싹 비볐다. 그런 어머니 옆에서 점례는 손가락을 깨물며 종종걸음을 쳤다.

 "저리 비켜, 냄새 나는 조센징!"

순사는 총자루로 어머니의 가슴팍을 사정없이 내쳤다. 어머니는 벌렁 나자빠졌다.

"어머니, 어머니, 어머니……."

어머니를 끌어안는 점례의 눈에서 눈물이 뚝뚝 떨어졌다.

"웬 사람들이야?"

"옛, 주임님. 김삼수 처잡니다."

주임? 점례는 앞이 환해지는 걸 느꼈다. 재빨리 고개를 돌린 점례의 눈앞에 색다른 순사복을 입은 몸집 큰 남자가 서 있었다. 점례는 길고 반들거리는 칼을 찬 그 순사 앞으로 부리나케 기었다. 그리고 발 밑에 무릎을 꿇고 앉아 빌었다.

"주임님, 제 아버지를 살려주세요. 한번만, 한번만 살려주세요."

"주임 나리, 주임 나리, 우리 주인을 살려주십시오. 죽을 죄를 졌습니다, 용서해 주십시오."

머리가 헝클어진 어머니가 어느새 점례의 옆에 무릎을 꿇고 목이 타들었다.

주임은 미간에 잔뜩 주름을 잡은 고약스러운 얼굴로 점

례를 쏘는 듯 내려다보고 있었다. 점례는 모았던 두 손으로 입을 가리며 그런 주임을 올려다본 채 부들부들 떨었다.

"들여보내."

주임은 돌아섰다.

"옛!"

경례를 붙인 순사가 점례와 어머니를 향해 빠르게 손짓을 했다.

주임은 책상 위에 다리를 꼬아올리고 상체를 뒤로 젖혀서 눕듯이 앉아 있었다. 그 앞에 어머니와 점례는 두 손을 앞으로 모아잡고 서서 벌벌 떨었다.

"김삼수 처자라고 했나?"

"예에, 주임 나리."

어머니의 허리가 절반 아래로 굽혀졌다.

"김삼수놈은 살려둘 수 없어! 감히 우리 황국 신민을 때린 아주 불량한 조센징이란 말야."

주임은 갑자기 소리를 꽥 지르더니 소리꾼의 소리에 고수가 장단을 맞추듯이 막대기로 책상을 내리쳤다. 그 느닷없는 행위에 숨이 멎으며 점례는 뻣뻣이 굳어졌다.

"주임 나리, 사실은 그런 게 아니라 과수원 주인이……."
"시끄럿!"
주임은 또 고함을 지르며 책상을 내리쳤다.
그때였다.
——아이고, 아이고오 아으으…….
어디선지 살이 찢기는 비명이 들려왔다.
아버지! 점례는 머릿속에 찌르르 전기가 통하며 눈앞이 캄캄해졌다. 그동안 말을 들어온 대로 아버지가 온갖 고문을 당하고 있는 거였다. 쓰러져서는 안 된다고, 겁먹지 말고 정신을 차려야 한다고 점례는 입술을 깨물었다.
"주임 나리, 주임 나리, 우리 주인을 한 번만, 우리 주인을……."
어머니는 주임의 의자 밑에 꿇어앉아 감히 구두는 잡지 못하고 손바닥으로 마룻장을 마구 문지르며 몸부림쳤다.
"가까이 오지 말고 저리 떨어져!"
어머니는 황급히 일어나 점례 옆으로 와 섰다.
——아이구야……, 으아아…….
점례의 입 속에는 침만이 아닌 건건한 액체가 가득 차 있었다.

"딸 이름이 뭐야?"

"예…… 나리, 점예라고 합니다."

"어찌 개명을 하지 않았소."

순간 점례는 입에 가득 고인 것을 꿀꺽 삼켰다.

"제 이름은 점례가 아니라 가네무라 레이꼽니다."

떨렸지만 점례는 또렷한 음성으로 대답했다.

"맞었어요. 이 에미가 무식해서 그만……."

"가네무라 레이꼬. 얼마나 예쁜 이름이야. 우리 대일본 제국이 선사한 그 이름이라야 얼굴이 더 예뻐지지 않느냔 말이야."

점례는 자신에게로 쏟아지고 있는 주임의 눈길이 아파 견딜 수가 없을 지경이었다.

——아으, 으아아…….

점례는 또 부르르 떨며 입술을 깨물었다.

"나리, 주임 나리 제발……."

"시끄러! 묻는 말에 대답이나 해."

잠깐 부드러워지는 듯했던 주임은 곧 사나워졌다.

"레이꼬는 몇 살인가?"

"열일곱입니다, 나리."

"열일곱 살. 좋아, 그만 돌아가."

주임은 책상에서 다리를 내리더니 솟구치듯 일어섰다.

"주임 나리, 우리 주인을······."

"잔말 말고 돌아가라면 돌아가! 내 명령을 안 들으면 어떻게 되는지 알지?"

주임은 들고 있던 막대기로 어머니의 얼굴을 곧 찌를 듯이 대질렀다.

——아이고······, 으아, 으으으······.

"빨리 나가, 빨리!"

비비틀리는 비명 소리와 주임의 고함에 떠밀려 점례는 어머니를 부축하고 밖으로 나왔다. 비로소 걷잡을 수 없이 흐르는 눈물을 손등으로 닦고 닦았다.

강호식이라는 사람이 밤이 이슥해서 찾아왔다. 그 남자는 조선 사람으로 주재소에서 순사 보조 일하며 누구에게나 욕깨나 얻어먹는 사람이었다.

"우리 주인 어떻게 됐어요. 몸이나 성해요?"

저녁도 굶은 어머니는 강호식을 보자 그래도 생기가 도는 것 같았다.

"일본 사람 때리고 성하길 바라겠소?"

꼭 일본 사람인 것처럼 말하고 있는 강호식을 점례는 옆눈길로 쏘아보았다. 정작 왜놈들보다 더 미운 것이 강호식이 같은 놈들이었다. 주재소고 읍사무소고 왜놈들 밑에서 꼬리 살랑거리며 비위 맞추며 돌아가는 조선놈들은 너무나 많았다. 그런 놈들 때문에 왜놈들 기세가 더 억세진다는 말이 있었다.

"그럼 어찌 됐어요? 시원하게 말 좀 해봐요."

"때리질 말았어야지. 물은 엎질러진 것 아니오?"

강호식은 누구 속을 불붙여 태우려는 듯 이런 소리를 느릿하게 하며 담배를 빼물었다.

"글쎄 그 과수원집 주인이……."

"그런 소리 백번 하면 무슨 소용이 있소. 귀한 황국 신민을 조센징이 감히 때렸으니 죽을죄를 진 건 분명하고, 이젠 죽어가는 사람 살리는 게 더 급한 일 아니겠소?"

"그래, 어떻게 하면 좋겠소. 사람 좀 살리시오."

"사람이 하는 일에 어디 방도야 없겠소. 나도 보고만 있기 딱해서 이렇게 온 거 아뇨."

"그래요, 무슨 짓이라도 할 테니 제발 주인만 살려주시오."

"헌데……, 미륵댁……."

강호식은 점례를 눈짓으로 가리켰다.

"점예야, 너 건넌방으로 좀 가거라."

점례는 안방을 나왔다. 기분이 영 언짢았다. 과수원집 주인이 도대체 뭘 어쨌단 말인가. 주임도 강호식도 어머니의 말을 막아버렸다. 그렇다고 정작 어머니가 말을 하는 것도 아니었다. 주재소에서 쫓겨나와 얼마 전까지 몇 차례 물었지만 그때마다 어머니는 애들은 알 필요가 없다며 대답을 피하곤 했다. 과수원에서 품팔이를 하고 있는 아버지가 아무 일도 없이 주인을 때렸을 리가 없었다. 어지간한 일에는 화를 내지 않고 웃어넘겨 버리는, 동네 사람들에게 무던한 사람으로 인심을 얻고 있는 아버지가 사람을, 그것도 일본 사람인 주인을 때렸다는 것이다. 과수원집 주인이 무슨 잘못을 저질렀으며, 어머니는 왜 숨기기만 하는 것일까. 아무리 이런 일 저런 일을 생각해 봐도 의문이 풀릴 만한 실마리는 잡히지 않았다. 어른들끼리만 말할 수 있는 그 무슨 일이 일어난 것은 분명했고, 아버지가 쉽게 풀려나기는 어렵다는 짐작만 확실할 뿐이었다.

안방 쪽에다 아무리 귀를 기울여도 들리는 소리는 없었다.

강호식이 안방을 나선 것은 거의 자정이 가까워서였다.

"방법은 그것밖에 없으니 생각하고 말고 할 것도 없소."

강호식은 댓돌로 내려서며 말했고, 어머니는 팔짱을 낀 채 가느다란 한숨만 쉬었다.

"미륵댁 마음에 달렸어요. 어찌 보면 이번에 집안 형편 활짝 필 기회일 수도 있소. 내일 아침에 다시 오리라."

강호식은 대문을 나서며 무슨 뜻인지 모르게 키들키들 웃었다. 어머니는 저 어둠 속에 눈길을 던지고 있었다.

어머니는 마루로 올라서며 먹구름을 토해내듯 진한 한숨을 내쉬었다.

"무슨 방도가 생겼어요?"

점례는 일이 쉽게 풀리기 어렵다는 것을 짐작하면서 물었다.

"글쎄다, 일이 일이라서……. 어서 들어가 자거라."

미륵댁은 딸 점례의 등을 어루만졌다. 이 어린 것을……, 울컥 솟는 눈물을 감추려고 그녀는 얼른 방문을 열었다.

미륵댁의 마음은 쌀자루를 진흙탕에 쏟아버린 것같이 낭패스럽고, 깨 가득 담은 함지박을 이고 가다 모랫바닥에 엎어져 버린 것처럼 난감할 뿐이었다. 도둑 맞은 집 옆을 지나다가 도둑놈 누명을 쓰는 것보다도, 우물가에서 지나가는 남자에게 물 한 바가지 떠준 것밖에 없는데 화냥질했다고 소문에 휘말리는 것보다도 억울한 것이 이번에 당한 일이었다. 일이 이렇게 꼬이고 커질 줄 알았더라면……. 그게 그렇고 그래서 한강에 배 지나가기라고 했는데……. 그러나 후회해도 옆질러진 물이고, 깨진 항아리였다. 왜놈들 발밑에서 살면서 목숨을 내놓아야 하는 일이란 그것 독립운동을 하는 것인 줄 알았었다. 그러나 그건 아무나 하는 일이 아니었고, 자신들처럼 땅이나 파먹고 사는 보잘것없는 것들은 별 탈 없이 그저 목숨 부지해가며 사는 것이겠거니 하며 살았다. 그런데 해 멀쩡하게 뜬 대낮에 날벼락을 맞듯이 느닷없이 그 일이 터져 잘못하면 집안이 쑥밭이 될 판이었다.

 과수원집 주인이 그러리라고는 땅뜀도 못했던 일이었다. 아직 혈색도 좋고 건강하긴 했지만 예순이 다 된 영감이……. 더구나 평소에 이렇다 할 눈치를 보인 일도 없었다. 언제나 뒷짐을 지고 먼 산을 바라보며 느리게 걷는 주인이었다. 만날 때마다 인사를 해도 어느 때 한번 건성으로라도 받는 일이 없었다. 일본 사람이라서 두렵고, 주인이라서 어려운데다가 늘상 그렇게 점잖은 듯 거드름을 피웠기 때문에 그런 것에 대해 아무런 경계를 할 필요가 없었다.

마지막 손질을 다 마친 과수원의 배나 사과는 매일매일 눈에 띄게 복스러워져 갔다. 사과는 윤기가 자르르 흐르는 매끈한 몸매를 햇볕에 드러내고 환하게 웃고 있었다. 변색한 종이 봉지를 벗어버린 배도 시원하게 바람을 타며 탐스럽게 살이 쪄 있었다. 이제 남은 일이라곤 잘 익은 사과나 배를 상처 입히지 않고 따내는 것뿐이었다. 그래서 과수원은 겨울만큼이나 조용하고 나무 사이를 흐르는 사람들의 그림자도 이젠 보이지 않았다.

점심을 먹고 남편은 제재소로 갔다. 과일 궤짝 짤 나무를 미리 챙기는 일이었다. 그리고 미륵댁은 보릿짚이 쌓인 창고로 향했다. 배를 따내기 전에 보릿짚을 미리 간추려놔야 했다.

미륵댁은 부지런히 일손을 놀렸다. 몇 마지기 안 되는 논일을 하는 사이사이에 과수원 일을 맡을 수 있는 것은 더없는 다행이었다. 과수원 일은 농사일에 비하면 우선 힘이 덜 들었다. 그리고 풋과일일망정 치마폭에 싸다가 애들을 먹일 수가 있었다. 그렇지만 무엇보다 다행한 일은 현금으로 받는 품삯이었다. 그 품삯은 장리쌀을 낼 필요가 없이 농비(農費)로 요긴했고, 가끔 애들의 색다른 옷도 사입힐 수도 있었다. 그래서 누구나 과수원에 품들기를 바랐다. 그런데 주인은 사람이 많이 필요할 때는 물론이고 요즘처럼 한가한 때도 꼭 미륵댁 내외를 불러주었다. 미륵댁은 그런 주인이 고맙고, 이렇게 되기까지에는 남달리 부지런하고 심덕이 고운 남편의 덕이거니 생각하며 과수원 일을 내 일처럼 꼼꼼히 열심으로 해냈다.

"쉬어서 하시오."

"……!"

손 빠르게 보릿짚을 추리던 미륵댁은 후딱 몸을 돌렸다. 주인이 서서 웃고 있었다.

"배를 따려면 아직도 멀었는데……. 이런, 좋은 얼굴에 비해 손이 너무 거칠구먼."

잠깐 사이였다. 주인이 마주앉으며 미륵댁의 손을 덥석 잡았다. 순간 미륵댁은 전신이 바짝 오므라드는 것을 느꼈다. 손을 빼내려 했다. 그러나 오히려 몸이 딸려갔다.

"왜 이러세요, 누가 보면……."

미륵댁의 목소리가 겁에 질리고 떨렸다.

"우리뿐이야, 아무 걱정 말어."

주인은 미륵댁을 보릿짚에 떠다밀어 눕혔다.

"아니잖아요. 주인 마님, 주인 마님이 계시잖아요."

미륵댁은 바람 팽팽히 든 공이 튕기듯 몸을 일으키며 여자 주인을 부르기라도 하듯 큰 소리로 말했다.

"아무 걱정 말래니까. 주인 마님은 일본 갔어, 어제 일본 갔다구."

얼굴이 벌겋게 달아오르고, 눈빛이 변한 주인은 이렇게 뜨거운 소리를 토해내며 미륵댁을 떠다밀었다.

"이러지 마세요, 제발……."

미륵댁은 온힘을 다해 다시 주인을 밀쳐냈다. 그러나 몸집이 큰 편인 주인의 기운은 역시 남자의 기운이었다.

"얌전하게 내 말 들어. 너무 오래, 너무 오래 기다렸어. 내 말 잘 들으면 섭섭잖게 해줄 거야. 암, 잘살게 해주구 말구."

주인은 거친 숨을 몰아쉬며 미륵댁 위에 큰 몸뚱어리를 포개고 있었다.

미륵댁은 기를 쓰며 주인의 어깨를 떠받쳐올렸다. 그러나 열 받친 남자의 기운이었다. 주인의 상체가 바윗덩어리

무게로 미륵댁의 가슴을 짓눌렀다. 주인은 미륵댁의 맞붙은 허벅지 사이에 무릎을 끼워넣으려고 버둥거렸다. 미륵댁은 꼰 두 다리를 풀지 않으려고 이빨을 앙다물고 떨었다. 주인은 미륵댁의 두 팔을 몰아잡아 등 밑에 눌러 꼼짝을 못하게 하고는 무릎을 들어 허벅지를 내리찍었다. 두 번, 세 번. 그때마다 미륵댁은 눈에서 불똥이 튀었지만 다리를 풀지 않으려고 부들부들 떨었다. 네 번, 다섯 번……. 연달아 허벅지를 내리찍힌 미륵댁의 다리는 풀어지고 말았다.

"얌전하게 내 말 들어. 편히 살게 잘해 준다니까."

그런 헉헉거리는 뜨거운 소리와 함께 주인의 다리가 자신의 다리 사이에 들어와 있음을 미륵댁은 깨달았다. 그리고 불두덩에 닿는 것이 있었다. 손이었다. 두 팔을 등뒤로 몰아잡았던 주인의 손이 풀려 있었다. 미륵댁은 다시 온 힘을 다하여 주인의 어깨를 떠다밀기 시작했다. 왜놈이, 왜놈이, 누구 땅에 해먹는 과수원인데, 왜놈이, 잘해 주면 뭘 해, 몸 더럽히고……, 몸 더럽히고 좀 잘살면 뭘 해, 왜놈이, 왜놈이, 여보, 여보, 여보……. 미륵댁의 팔은 바들바들 떨리며 다시 꺾어지고 있었다.

그때 헛들은 것이 아니었다.

"주인 어른, 주인 어른!"

주인을 찾고 있는 소리는 분명 남편이었다.

"사람 살려요. 사람 살려어——."

미륵댁은 소리꾼이 휘모리로 목청을 뽑아 올리는 것처럼 한껏 소리를 질러놓고 몸을 부려버렸다.

흘러내린 바지를 추킬 새도 없이 주인은 남편의 억센 주먹에 결딴이 나기 시작했다. 장정 농사꾼의 팔다리란 씨름꾼이 따로 없고 장사가 따로 없는 것이었다. 힘진 농사일을 이겨낸 팔다리였으니 그 기운이 무섭기 그지없었다. 내지르고 걷어차고 짓밟아 주인은 금세 피투성이가 되어 널부러졌다.

사람의 눈이 아닌 듯 푸른 불을 켠 남편의 눈은 결혼 이후 처음 보는 것이었다. 텃밭 농사는 으레껏 여자가 맡아 하는 것이다. 그런데 남편은 그 농사까지 다 도맡고 나섰다. 관둬요 글쎄, 누가 봐요. 흥, 흉볼 테면 보라지. 내 집안에서 내 좋아하는 일인걸. 남정네가 텃밭 농사에 손대는 건 부엌에 드나들며 부엌일 거드는 것만큼이나 흉거리였다. 그런데도 남편은 텃밭 농사를 꿰차고 나서다 못해 물을 길어주지 못해 늘 안타까워했다. 집에 우물을 하나 팔 수도 없고. 에이 참, 물동이만으로도 무거운데 거기다 물을 가득 채웠으니 그게 좀 무거운가그래. 헌데 우물은 또 좀 멀어. 물 무거운 건 쌀 무거운 게 못 당하는 법인데. 여보, 그거 제발 절반씩만 이고 다녀, 절반씩만. 남자가 부엌에 드나들면 불알이 떨어진다고 하는 판에 아무리 아내를 아낀다고 해도 물을 대신 길어줄 수는 없는 일이었다. 남편은 텃밭 농사를 해치우듯이 물도 길어줄 수 없어 언제나 건짜증을 부렸다. 그래서 남편이 철저하게 하는 일은 물 아끼기였다. 특히 물 많이 쓰게 되는 여름 농사철에 남편은 집에서 물을 쓰는 일이 없었다. 목욕은 물론이었고 손발을 씻는 것도 저수지로 개울로 나갔다. 딴집 남자들이 귀찮아서 하지 않는 일이었다. 남편의 그런 살뜰함으로 가난을 달게 이기며 살아온 결혼생활이었다.

눈에서 푸른 살기를 내쏘며 남편은 쇠스랑을 치켜들었다.

"여보, 안 돼요, 안 돼요. 자식들 생각해요, 자식들! 아무 일도 없었잖아요."

미륵댁은 자식들을 앞세우며 남편에게 매달렸다. 쇠스랑은 농기구 중에서도 가장 예리한 쇠붙이였고, 눈 뒤집힌 남편의 기운으로 쇠스랑을 내려찍으면 주인은 즉사할 수밖에 없었다.

주인은 병원으로 실려갔고, 남편은 주재소로 끌려갔다.

억울함과 분함대로라면 미륵댁은 방바닥을 치며 통곡이라도 해야 했다. 그러나 시아버지를 모시는 몸이었다. 강호식, 그놈이 지껄인 것은 해결 방법이 아니었다. 왜놈보다 더 야비하고 나쁜 놈이었다. 아무리 앞잡이 노릇을 하며 빌붙어 사는 놈이라고 해도 어찌 그런 말을 함부로 내뱉을 수가 있는가. 차라리 이 모양으로 일이 꼬이고 번질 줄 알았더라면 주인의 말을 순순히 들어주고 말았어야 했다. 그리 오래 실랑이를 하지 않았더라면 그 일을 치르고도 감쪽같이 덮어버릴 수 있었다. 처녀도 아니고, 몸 한번 씻어버리면 그만일 일이었다. 아무리 명난 바람둥이라도 여자 거기가 얼마나 좋고 나쁜지는 알아도 처녀인지 아닌지는 모른다고 하지 않던가. 자신만 시치미를 떼버리면 남편은 평온무사할 수 있었던 것이다.

날이 희붐하게 트이기 시작하는데 벌써 강호식이 사립을 들어섰다.

"어찌……, 밤새 잘 생각해 보셨소?"

"……"

미륵댁은 먼 산만 바라본 채 한숨이 길었다.

"거 밤새도록 못할 고생을 하십디다. 골병 다 든 담에 결정하면 무슨 소용이 있겠소."

강호식은 이런 겁먹이는 소리를 느릿하게 하며 곁눈질을 했다.

"못해요, 그 짓은 죽어도 못해요."

여전히 먼 산을 바라보고 있는 미륵댁의 목소리는 낮았지만 무얼 싹뚝 자르듯 하는 섬뜩한 기운이 서려 있었다.

"예에?"

강호식은 뜻밖이라는 표정이었다.

주춤하던 강호식이 다시 입을 열었다.

"남편이 그렇게 모진 고생을 하는……."

"듣기 싫어요, 글쎄."

미륵댁은 치마를 잡아 내치며 방으로 들어가 버렸다.

"알아서 하시오. 일이 어찌 되든 난 더 모를 일이오."

강호식은 방에다 대고 노랫가락을 늘여빼듯 해놓고는 돌아섰다.

점례는 집 모퉁이에 숨어 사립을 나가는 강호식을 바라

보며 고개만 갸우뚱거렸다. 어젯밤에서 오늘 아침까지의 일은 분명 아버지가 풀려나올 문제에 대한 것인데, 강호식은 무엇을 잘 생각해 보라고 했으며, 어머니가 못하겠다고 한 그 짓이란 도대체 무엇일까. 점례는 답답해서 견딜 수가 없었다.

어머니가 순사에게 끌려간 것은 점심때가 되어갈 무렵이었다. 그리고 점례는 동생들에게 점심을 차려주다가 다시 나온 순사를 따라 집을 나서야 했다.

"가자, 주재소로!"

순사가 말했다.

점례는 지체 없이 따라나섰다. 왜요, 하는 말은 마음에만 있을 뿐이었다. 검은 제복에 긴 칼을 찬 일본 순사의 위세 앞에 따지고 드는 말을 할 수 있는 조선 사람이란 아무도 없었다.

점례는 조그만 방에 떠밀려 들어갔다. 엉거주춤 서서 방안을 두리번거리던 점례는 바늘에라도 찔린 것처럼 소스라쳤다.

——아아……, 아이고, 으으으…….

——나 죽어, 나 죽어, 아이고오…….

숨 막히는 남자와 여자의 비명 소리였다. 저 으스러지는 것 같은 남자의 비명은 틀림없는 아버지고, 저 쥐어뜯는 것 같은 여자의 비명은 분명히 어머니였다. 비명은 점점 더 심해지고 있었다. 점례는 어찌 할 줄을 몰라 허둥지둥 날뛰었다. 옷을 잡아뜯다가, 뺑뺑이를 돌다가, 팔딱팔딱 뛰다가, 끝내는 벽을 치고, 문을 두들기며, 울부짖었다. 문은 밖으로 잠겨 있었다.

── 으아아……, 으흐흐흐…….

── 우아아아……, 나 죽네에에…….

온몸이 땀으로 젖은 점례는 제정신이 아니었다.

"조용히 해!"

드르륵 문이 열리며 한 사내가 들어섰다. 강호식이었다. 점례는 그에게 매달렸다.

"아저씨, 우리 아버지 어머니 살려줘요. 제발, 제발 살려주세요."

점례는 두 발로 종종거리고 두 손을 싹싹 맞부벼대며 울고 있었다.

"알았어. 살려줄 테니까 얌전하게 저리 앉아."

강호식은 턱끝으로 의자를 가리켰다.

안 보이는 홈 67

강호식의 말을 들으며 점례는 얼굴을 손바닥에 묻고 느껴울었다. 쉴 새 없이 들려오는 아버지와 어머니의 비명소리에 떨었고, 강호식의 내뱉는 말 때문에 울었다. 어머니가 말하던 그 짓이 무엇인지 비로소 알게 된 점례는 어머니가 그 일을 왜 못하겠다고 잘랐는지 알 수 있었다.

"어떻게 하겠어? 빨리 대답해."

강호식이 담배연기를 훅 내뿜었다. 점례는 차라리 죽고 싶다는 생각뿐이었다.

"저 소리 안 들려? 둘 다 죽어야 알겠어!"

어제 깨물어 채 아물지 않은 입술을 다시 깨물며 점례는 솟구치는 울음을 참아내지 못했다. 나 죽고, 아버지 어머니까지 다 죽어버리면……. 자신은 스스로 죽는 것이지만, 주재소에서는 아버지 어머니를 얼마든지 죽일 수 있는 일이었다. 왜놈들의 힘은 으레 그랬고, 왜놈들 밑에서 조선 사람들의 목숨은 삼복 더위에 죽어가야 하는 개 목숨과 다를 것이 없었다. 점례는 얼굴을 손바닥에 묻은 그대로 흐느끼며 고개를 끄덕였다.

"그렇게 하겠다 그거지!"

강호식이 환성을 지르듯 했다. 심하게 들먹이는 어깨와

함께 점례의 고개가 끄덕여졌다.

"암 그래야지, 암. 심청이가 괜히 그랬었나."

강호식이 흡족하게 웃어대며 밖으로 나갔다.

그리고 오래가지 않아 비명이 그쳤다. 점례는 벽을 박박 긁으며 울고 있었다.

그날 밤 목욕에 화장을 하고 기모노를 차려입은 점례는 주재소 주임 앞에 고개를 돌리고 앉아 있었다.

……여편네고 딸자식이고 다 빼앗기는 거지 뭐니. 그 예쁜 얼굴을 지키는 주인이 없어봐라. 당장 매가 병아리를 채듯 휘이익…….

저 아래가 찢어지고 불이 붙는 것 같은 고통을 참아내며 점례는 순심이의 이 말을 다시 듣고 있었다.

"어흠, 흠, 좋아……, 아주 좋아."

땀을 닦으며 주임 야마다는 차진 입맛을 다시면서 히물히물 웃었다. 점례는 죽은 듯 움직임이 없었다.

맛있게 담배를 피우고 나서 야마다는 다시 점례 옆에 벌렁 누웠다.

"눈뜨지 그래."

야마다의 목소리는 정답고 나긋했다. 점례는 눈을 꼭 감은 채 미동도 하지 않았다.

"고갤 이쪽으로 돌리고 날 쳐다봐."

야마다의 어조가 좀 달라지는 기색이었다. 점례는 눈을 뜰 수밖에 없었다.

"지금부터 내가 하는 말 똑똑히 들어." 야마다는 점례를 왈칵 끌어안고는, "앞으로 괜히 엉뚱한 짓 할 생각은 아예 말어. 너가 내 옆에 있어야 너희 부모가 무사하다는 것 정도는 잘 알겠지. 도망은 가나마나고, 거 조선 여자들이 뻔질나게 잘하는 그 목매다는 짓 같은 것도 안 하는 게 좋아. 네가 그따위 짓을 하면, 알지? 그러나 내 곁에 얌전히 있으면 너희 집 공출도 감해주고, 네 아버지 징용도 면하게 되는 게야. 그럼, 그럼, 장인을 감히 징용에 보낼 수 있나. 잘 알아듣겠지? 에헤헤헤……, 자 일어나서 시원하게 안마 좀 하려무나." 야마다는 귀여워 죽겠다는 듯 점례의 거웃을 쓰다듬었다.

야마다는 다다미 바닥에 철썩 엎드렸다. 점례는 살 피둥피둥 찐 야마다의 몸뚱이를 주무르기 시작했다. 야마다는 이내 코를 골았다.

마음대로 죽어버릴 수도 없게 된 목숨. 이렇게 정신없이 잠이 들었을 때 저 칼로 이놈 목을 치고 죽어버린다면······. 그러나 그건 부질없는 생각이었다. 자신은 혼자가 아니었다. 그럴 수 없는 것을 다 알기에 야마다는 그렇게 태평치고 잠에 골아떨어졌는지도 모를 일이었다.

온갖 생각에 시달리며 날이 밝았다.

"내 허락 없이는 친정에 드나들지 말도록. 또 오늘부턴 눈물도 짜지 말어. 계집이 찍찍 짜대면 남자가 하는 일에 재수가 없으니까."

야마다가 집을 나서며 남긴 엄한 소리였다.

친정······? 점례는 그 말이 어쩌면 그리도 서럽게 들리는지 몰랐다. 어차피 친정이 되어야 하는 집이었지만, 이런 식으로 되리라고는 꿈에도 생각하지 못한 일이었다. 색동 예복에 연지 곤지 찍고 혼례(婚禮)를 올린 다음 가마를 타고 떠나야 비로소 친정이 되는 게 아니던가. 야마다의 말이 아니었어도 점례는 집에 발길을 안 할 작정이었다. 사연이야 어찌 됐건 왜놈의 첩이 되어 어떻게 길거리를 나다닐 수 있을 것인가. 뭇 사람들이 보낼 보이지 않는 손가락질도 무서웠지만, 순심이나 복실이를 마주할 자신이 없었다.

아버지, 어머니는 어떻게 됐느냐고 말을 꺼내지도 못했다. 어인 일인지 어머니 아버지를 생각하면 감당 못하게 눈물이 솟구쳐 오르는 것이었다.

점심때에 이르러 강호식이 찾아왔다.

"아, 안녕하십니까요, 부인."

강호식은 딴 사람으로 변해 점례 앞에 허리를 굽혀 절을 했다. 점례는 얼굴을 돌려버렸다.

"방금 부모님을 댁에 모셔다 드리고 오는 길입죠. 예, 헤헤……."

"……."

"두 분 다 별 탈 없으십니다요. 그리고 주임님께서 명의에게 시켜 보약도 한 제씩 지었구요."

점례의 볼에 눈물이 흘러내리고 있었다.

"예, 그거 얼마나 잘하신 일입니까. 부모님께 효도했겠다, 머리 싸매고 대들어도 되기 어려운 귀한 자리 차지해 호강하시게 됐겠다, 좀 좋으십니까, 예."

"주임이 그런 말까지 전하라던가요?"

"예? 아, 아, 아니올씨다."

"그럼 돌아가세요!"

"예, 예, 그럼 앞으로 잘 부탁드립니다."

허둥지둥 대문을 나서는 강호식의 뒤에다 점례는 마른침을 뱉었다.

오후에 강호식이 커다란 짐짝 두 개를 들여놓고 달아나듯 했다.

집에 돌아온 야마다는 그 짐을 손수 풀었다. 네 개의 거울이었다. 그 거울을 사방 벽에 하나씩 걸었다. 나직하게 걸린 큰 거울들에는 전신이 다 비쳤다. 그날 밤부터 점례는 야마다가 시키는 대로 그 네 개의 거울 앞에서 알몸뚱이가 되어야 했다. 점례로서는 전후좌우에 송두리째 드러나는 자신의 알몸뚱이를 감출 길이 없었다. 눈을 꼭 감는 수밖에 없었다.

야마다는 매일 밤 괴상망측한 짓을 시키며 괴롭혔다. 며칠이 걸려서라도 한 가지 몸짓을 제 마음에 들게 만들어놓고야 말았다. 점례가 마다하거나 둔한 몸짓을 하면 고함을 지르거나 욕을 퍼부었다. 그래도 제 뜻대로 되지 않으면 곧장 손찌검까지 해댔다.

"쫓겨가고 싶어?"

그럼 점례는 그만 기가 꺾이고 말았다. 그 말은 곧 "네 부모를 다시 집어넣어야 알겠어?" 하는 말이었던 것이다. 그래서 점례는 순순히 야마다의 눈에 드는 몸짓을 지어낼 수밖에 없었다.

그러나 그 견딜 수 없는 수치심으로 점례는 속 깊이 신음하고 있었다. 그녀는 궁리 끝에 하나의 해결책을 찾아냈다. 닛본또로 깊이 잠든 야마다의 목을 치고, 그 다음으로 스스로 죽는 거였다. 그러나 그렇게 야마다를 데려가 버린다고 해서 어머니 아버지가 무사히 살게 되리라는 보장도 없었다. 자신이 야마다를 죽인 것을 금세 알게 될 텐데, 그리 되면 아버지 어머니를 해꼬지할 사람들은 얼마든지 있었다.

야마다가 무서운 만큼 밤이 오는 것도 무서웠다. 사는 것 같지 않게 살면서 12월이 되었다. 의심할 것 없는 임신이었다. 그 사실을 알게 된 야마다는 입꼬리가 한쪽으로 비틀리면서 떨떠름한 표정이 되었다. 그러나 어쩔 수 없다는 듯 차츰 그런 사나운 짓을 시키지 않았다. 그것만으로도 점례는 임신한 것이 차라리 잘되었다 싶었다. 그리고 배가 불러갈수록 야마다는 집에 들어오지 않는 날이 잦아졌다. 점례는 정말 살 것 같았다. 애를 낳지 말고 언제까지나 뱃

속에 잡아둘 수 있다면 얼마나 좋으랴 싶었다.

달이 계속 바뀌어 가도 할아버지가 그렇게 돌아가신 안타까움을 떼칠 수가 없었다. 할아버지가 돌아가신 것은 자신의 임신 소식을 알고 얼마 지나지 않은 12월 중순이었다.

"할아버지 장례에 다녀와."

어느 날 아침 야마다는 방을 나서며 불쑥 말했다.

"네에? 할아버지가 돌아가셨어요?"

"해지기 전에 돌아와야 해."

야마다는 방을 나가버렸다.

할아버지가……. 주저앉은 점례 옆에 은전 몇 푼이 뒹굴고 있었다.

할아버지는 화병으로 돌아가신 거였다. 혼자서는 걷지도 못하게 되어 돌아온 아들이 자리에 눕고, 손녀딸이 그런 신세가 되어버리자 몇 날 며칠을 계속해서 술만 마시다가 시름시름 앓기 시작했던 것이다.

아버지가 줄곧 앓다가 자리에서 일어난 것이 한 달 남짓 된다고 했다. 어머니의 말이 아니더라도 아버지의 핏기 없는 얼굴이나 왜소해진 몸은 한눈에 병색을 느끼게 했다.

"풀려나온 길로 주임이 지어준 한약을 달여 먹었더라면 저 지경이 되진 않았을 게다. 방정맞게 강호식이란 놈이 약봉지를 내두르며 주임이 특별히 지어준 거라고 들까불지 않았겠니. 니 애비 성미도 어지간하지. 그냥 모르는 척 먹어둘 일이지. 글쎄, 기다시피 해서 그걸 기어코 똥통에다 처박았지 뭐냐. 어쨌든 강호식이 그놈이 원수다."

어머니는 눈물을 그치지 못했다. 점례는 아무 말도 하지 않았다. 서러움만 가슴에 가득할 뿐 아무것도 할 말이 없었다.

"그래, 몸이나 성하냐?"

아버지가 눈길을 떨군 채 힘들게 한 말이었다. 아버지의 눈자위가 붉게 물들어 있었다. 그 붉은 눈자위가 어머니의 눈물보다 훨씬 더 슬프고 쓰라렸다.

동네 사람들은 약속이나 한 것처럼 누구 하나 점례에게 말을 건네지 않았다. 그저 눈인사를 할 뿐이었다.

"점예야……."

"순심아……."

이렇게 이름만 부르고 손을 맞잡은 채 눈물만 글썽였고,

"복실아……."

"점예야……."

서로 눈물을 삼키느라 목이 메었다.

해가 뉘엿뉘엿해서 집을 나섰다. 동네 사람들이 말없는 전송을 해주었다.

인사를 받는 아버지의 입술은 깨물려 있었다. 그리고 두 눈은 술에 취했을 때처럼 그렇게 충혈이 선했다.

점례가 큰길에서 인력거를 탈 때까지 아버지는 사람들과 함께 문 앞에 서 있었는데, 무슨 허깨비 같은 모습이었다.

인력거까지 따라나온 사람은 어머니와 순심이, 복실이었다.

"설에나 올까 모르겠다?"

어머니의 말이었고, 순심이와 복실이는 가슴께에 들어 올린 손을 보일 듯 말 듯 흔들다가 옷고름을 눈으로 가져갔다.

인력거가 움직이기 시작하자 점례는 상복(喪服)의 옷고름을 물어뜯으며 느껴 울기 시작했다.

야마다가 던져놓은 돈을 가져오긴 했지만 내놓지 못했다. 그렇다고 속이 빈 소라 껍질 같이 느껴지는 아버지의 치료비로도 드리지 못한 채 도로 가지고 가는 것이었다. 임신했다는 말을 꺼내지 못하고 돌아가는 것처럼.

점례는 설에 집엘 가지 않았다. 배가 눈에 띌 만큼 표가 나는 것은 아니었다. 그러나 몸가짐이나 몸놀림이 홀몸 같지가 않은데 아무리 숨긴다 해도 감출 수 없는 일이었다. 아버지는 몰라도 어머니나 다른 아주머니들의 눈을 속이기란 어려운 일이었다. 그렇게 되면 동네 사람들의 입도 입이지만 아버지가……. 아버지를 괴롭히지 말아야 했고, 건강을 상하게 해서는 안 될 일이었다. 점례는 결국 집에 가는 것을 작파하고 말았다.

친정에 다녀오라며 야마다가 선사 들어온 물건 중에서 되는 대로 집어준 정종 두 병과 인삼 한 상자를 방구석에 밀어놓고 점례는 하염없이 눈물에 젖어 있었다.

봄이 되었다. 점례에겐 나날이 징역살이였다. 치마를 입어도 표가 나게 배는 불러 올랐다. 한 가지 행동을 하다가 다른 동작으로 바꾸려 할 때는 하던 동작을 일단 멈춘 다음 시작해야 할 만큼 몸도 무겁고 둔해졌다. 야마다의 간섭이 아니었어도 점례는 친정은 말할 것도 없고 문밖 출입할 생각을 아예 하지 않았다.

아무도 만나고 싶지 않았다. 아는 사람의 눈길도 싫었고, 모르는 사람들의 눈길도 무서웠다. 아는 사람들 앞에서 당해야 하는 창피스러움이 싫었고, 모르는 사람들이 등 뒤에서 보낼 손가락질도 두려웠다. 자신만 근동 사람들을 모를 뿐이지 그 사람들은 야마다를 다 알고 있었다. 그렇다면 바람처럼 빠른 소문으로 자신이 야마다의 첩이라는 것을 근동 사람들이 다 안다고 보아야 했다. 그들이 자신의 솟아오른 배를 보면 얼마나 신나게 입들을 놀려댈 것인가. 그들은 평소부터 쌓여온 야마다에 대한 감정까지 자신을 흉보고 험담하면서 풀려고 할 것이다. 강호식 같은 부류가 아니고서는 왜놈들을 좋아하는 조선 사람들은 없었다. 더구나 야마다는 미움을 가장 많이 받는 순사, 그중에서도 주재소 주임이었던 것이다.

그러나 하루하루가 지루하고 따분하기 그지없었다. 말벗이라고는 없이 혼자 갇혀 지내야 하는 하루해는 너무 길기만 했다. 친구들과 함께 지냈던 지난날이 목마름처럼 그리웠다. 봄이 되면 해마다 배가 고팠다. 그러나 친구들과 깔깔대며 나물 캐는 재미가 있었다. 죽일망정 한 사발씩 먹고 나면 오손도손 구수한 얘기가 익어가는 밤이 있었다. 숨 막히게 아롱거리는 아지랑이를 바라보며 헤픈 이야기로 푸지게 웃던 나날이었다. 그런데 이제 죽을 먹지 않아도 되는 생활인데도 배가 부른 줄을 몰랐다. 힘든 일을 하지 않는 몸인데도 편한 줄을 몰랐다.

그런 생기 없는 나날을 보내고 있는 어느 날 복실이가 찾아왔다. 뜻밖이었고 당황스러웠다. 복실이가 반가우면서도 무서웠다. 점례는 앉은 채로 복실이를 맞으며 치마폭을 될 수 있는 대로 부풀게 해보이게 하려고 신경을 썼다.

복실이는 세상 인심이 말이 아니라 했다. 남자라고 생긴 것은 모조리 징용을 끌어간다는 것이었다. 공출도 날로 어찌나 심해지는지 견딜 방도가 없다고 했다. 공출도 한두 가지가 아니라는 것이었다. 곡식만이 아니라 집집마다 놋그릇을 다 뺏어가는가 하면, 새끼줄을 짜서 바쳐야 하고, 마당이나 논둑 같은 손바닥만 한 땅도 놀리지 말고 피마자를 심어야 한다고 했다. 이제 캘 나물도 없고 소나무 껍질을 벗겨 죽을 쑤는 형편이라는 것이었다.

"그래도 네 덕에 너희 집은 살 만해."

복실이는 진한 한숨을 내쉬며 일단 말을 끊었다.

점례로선 모두 처음 듣는 소식이었다. 그렇다고 놀라는 기색을 보일 수가 없었다. 그런 바깥 사정을 모르고 산다는 것을 복실이에게 보이면 큰 오해를 살 것 같았던 것이다. 호강을 하느라고 바깥 출입을 안 한 것이 아닌데.

"……실은 한 가지 어려운 부탁이 있어서 왔는데 말이지……."

복실이는 얼굴까지 굳어지며 말을 망설였다.

"무슨 일인데, 어서 말해 봐."

점례는 이미 눈치는 채고 있었다. 아무 일도 없이 이처럼 갑자기 찾아올 리 없었던 것이다.

"글쎄……, 네가 어떻게 생각할지 몰라서……."

"괜찮아. 도울 수 있는 일이면 도와야지."

말은 이렇게 하면서도 점례는 기분이 언짢았다. 야마다에게 부탁해야 될 일일 게 뻔했던 것이다.

"저어……, 우리 외삼촌이 징용을 나가게 생겼어. 좀 어떻게 안 될까?"

복실이는 전에 본 일이 없었던 비굴한 웃음을 지어내고 있었다. 점례는 복실이가 그러지 않았으면 싶었다.

"외삼촌이 없으면 외가는 당장 살아갈 길이 막막해져. 늙은 외할머니가 혼자서 살 방도가 없고, 그렇다고 우리 집에서 도와줄 형편도 못 되고……."

복실이는 눈물까지 글썽거렸다.

"알았어, 내가 말해 볼게. 어서 가봐. 괜히 야마다 만났다가는 될 일도 틀어지니까."

복실이는 당황스럽게 자리에서 일어섰다.

점례는 여전히 앉아서 복실이를 배웅했다. 거만해졌다는 오해를 받을까 봐 걱정도 되고, 미안한 생각도 컸지만 임신한 배를 감추려면 달리 도리가 없었다.

점례는 야마다에게 그 부탁을 하지 못했다. 야마다가 그런 어려운 일을 들어줄 리가 없었던 것이다. 다만 강호식을 불러 복실이 외삼촌이 징용 나가는 날을 미리 알려달라고만 일렀다.

며칠이 지나서 강호식은 무슨 희소식이나 전하는 것처럼 다음날이 복실이 외삼촌 떠나는 날인 것을 알려왔다. 점례는 성의껏 마련한 점심과 누룽지 말린 것을 싸서 심부름하는 아이에게 보냈다. 그 보퉁이에는 약간의 돈도 들어 있었다.

심부름을 다녀온 아이로부터 복실이가 줄곧 울더라는 말을 전해 들으며 점례는 더없이 괴롭고 쓸쓸했다.

왜 조선 사람들이 몇 년 전부터 줄기차게 징용이며 징병을 끌려가야 하는 것인지 점례는 다시금 생각하지 않을 수가 없었다. 그 답은 간단하고, 자명했다. 나라 없는 백성이라서. 나라 없는 백성……. 그럼 어째서 나라가 없어지게 되었는가……. 힘이 약해서 빼앗긴 것이라고 했다. 그럼 왜 힘이 약해진 것인가. 나라를 다스린 임금이며 양반들은 무엇을 어찌 했길래 나라를 뺏길 정도로 힘이 약한 나라가 되게 했다는 것인가. 그 답을 알고 싶었다. 오래전부터 속 시원히 그 내막을 알고 싶었지만 가르쳐주는 사람은 아무도 없었다. 눈치 보아가며 아버지에게 어렵게 물었지만, 이 애비가 무식한 데다가 저 머나먼 한양에서 높으신 대감 양반들께서 하신 일이니 그 깊은 속을 어찌 알겠냐. 또, 그런 것 시시콜콜히 알려고 해서 신상에 좋을 것 하나도 없느니라. 그 겻속 다 알아낸다고 해서 나라 찾아지는 것도 아니니 다 팔자소관이거니 하고 그냥 살아라. 그게 신간 편한 일이다. 아버지는 쓸쓸하게 웃었다.

그러나 점례는 그 의문을 그냥 묻어버릴 수 없었다. 점례의 말에 순심이도 복실이도 그 사연이 어찌 된 것인지 궁금증을 드러냈다. 셋은 마음이 합해져 그 답을 밝혀줄 사람을 찾으려고 했다. 이장이나 구장은 마땅찮았다. 그들은 나이 먹어 이장이나 구장 자리를 깔고 앉아 있는 것이지 아는 것이 많아 그런 것은 아니었다. 아, 맞다. 우리 동네에 자주 오는 박 주사한테 물어보자. 그 사람 일본 글씨도 일본 사람보다 더 잘 쓸 정도로 유식하다고 소문났잖아. 복실이가 말했다. 그래, 그 사람이 좋겠다. 거드름도 안 피우고, 말하는 것도 정답고 그렇잖아. 순심이의 말이었다. 아니야, 읍사무소 직원은 아무도 안 돼. 점례는 목소리보다도 더 세게 고개를 저었다. 아니, 왜에? 복실이가 뜨악해했다. 생각해 봐, 읍사무소 직원으로 일하는 조선 사람이나 주재소에서 일본 순사들 부하 노릇 하는 조선 사람이나 뭐가 다른지. 그 사람들은 다 일본 편이고, 일본 사람이나 마찬가지잖아. 그런 사람들한테 일본 나쁘게 생각하는 말 물어봐. 얼씨구나 하고 대답 잘 해주고, 우릴 아주 이뻐하겠지, 그치? 점례는 복실이와 순심이를 찬찬히 쳐다보았다. 어머나! 정말 그렇겠네. 복실이와 순심이는 서로를 마주 쳐다보았다. 그들은 한동안 말이 없었다. 이건 어떨까. 국민학교 조선 선생님을 찾아가면. 복실이가 다시 내놓은 의견이었다. 순심이는 이번에는 바로 맞장구를 치지 않고 조심스럽게 점례를 쳐다보았다. 글쎄에……, 선생님이라고 해서 별로 다르지 않을 거야. 조선 선생들도 전부 일본이 옳다고 가르치는데, 일본이 우리나라 뺏은 얘기를 터놓고 해주려고 하겠어? 점례는 또 고개를 저었다. 그래, 그 말이 맞아. 그 선생들 아침마다 신사를 향해 학생들보고 인사하라고 시키는 사람들이잖아. 순심이도 고개를 저었다. 그럼 물어볼 사람이 아무도 없네. 참 답답한 놈에 세상이다. 복실이가 폭 한숨을 쉬면서 어깨를 늘어뜨렸다. 참 얄궂고 우습다. 왜 나라를 뺏겼는지도 모르고 종놈살이를 해야 하다니. 어쩔 수 없지. 다 팔자니까. 점례가 얼굴이 일그러지며 쓰디쓰게 웃었다. 그거 한마디로 하자면, 남자들이 못나서 그리 된 거 아니니? 여자들은 다 집에 처박혀 있었고, 나라는 남자들이 다스렸으니까. 복실이의 목소리에 성깔이 묻어나고 있었다. 아니야 얘, 말 그렇게 하면 안 돼지. 나라 다스린 남자들은 따로 있잖아. 임금님하고, 벼슬한 양반님네들. 딴 남자들이야 그 사람들 잘못으로 벌써 몇십 년을 죽을 고생들 하는 거고. 그러니까 그 잘난 사람들 죄를 물어야 해. 점례의 말에는 날이 서 있었다. 얘, 말 그렇게 하지마. 으시시하게 무섭다. 순심이가 어깨를 움츠렸다. 듣고 보니 점례 말이 공자님 말씀이네, 뭐. 그나저나 우린 언제까지나 이러고 살아야 되는 걸까? 이러다가 우리

나라가 영영 일본놈들 것 되어버리는 것 아닐까? 복실이의 얼굴이 어두워졌다. 나도 가끔 그런 생각이 들기도 해. 일본이 그놈의 대동아전쟁인지 뭔지 일으킨 담부터 힘이 점점 세지고 있대잖아. 겁나 죽겠어. 순심이의 목소리가 풀죽으며 낮아졌다. 난 말야, 곰곰이 생각할수록 도무지 이해할 수 없는 게 있어. 아무리 봐도 내 눈에는 왜놈들에 비해 우리나라 남자들이 체구도 더 크고, 인물도 훨씬 잘 생겼는데 어째서 나라를 뺏겼는지 영 알 수가 없다니까. 이건 참 귀신이 열두 번 곡할 노릇이라구. 점례가 입술을 세게 훔쳤다. 맞어, 맞어, 그 말 맞어. 땅딸보 왜놈 헌병 대여섯에게 우리 장정 몇십 명씩이 기 죽은 개들처럼 잔뜩 주눅 들어서 징병에 끌려나가는 걸 보면, 아이고 어찌 저리들 병신스러울까 싶은 게 분하기도 하고 한심스럽기도 하고, 사람 환장하겠다니까. 복실이가 두 주먹을 쥐고 부르르 떨었다. 어디 남자만 그래? 여자들도 좀 봐. 일본 여자들 그 오종종한 얼굴에, 뻐드렁니 겹니 울퉁불퉁한 게 꼭 도깨비 화상이고, 병신처럼 종종걸음 치는 안짱다리는 좀 많니. 그런 것들에 비해서 우리 조선 여자들은 얼마나 잘 생긴 미녀들이니. 그런데도 왜년들 앞에서는 꼼짝을 못하고 살고 있잖아. 나라라는 게 뭔지 원. 순심이가 가는 한숨을 길게 쉬었다. 난 밤에 잠이 안 올 때 가끔 이런 생각을 해. 우리나라 남자들이 먼 외국에서 독립운동을 할 게 아니라 우리나라로 들어와서 남자들을 다 뭉치게 한 다음, 매일매일, 날마다 경상도에서, 황해도에서, 전라도에서, 평안도에서, 충청도에서, 강원도에서 왜놈들을 남자고 여자고 가리지 말고 하나씩 죽이고 자기도 죽어버리는 거야. 왜놈들이 우리나라에 많이 와 있다고 하지만 그보다는 우리가 열 배는 더 많을 것 아니겠어. 그렇게 온 천지에서 날마다 일본 것들을 죽여 만 명이 넘고, 2만 명이 넘고, 3만 명이 넘으면 제아무리 독한 왜놈들이라도 이건 도저히 안 되겠다 싶어 즈네 나라로 줄행랑을 치고 말 것 아니냔 말야. 점례의 얼굴이 상기되어 있었다. 어머 애 좀 봐, 애 좀 봐. 어쩜 그리 무시무시한 생각을 할 수 있니. 순심이가 새삼스러운 눈길로 점례를 쳐다보며 고개를 내둘렀다. 하이고, 한 길 사람 속 모른다더니 꼭 너를 두고 한 소리로구나. 얼굴은 예쁘장해가지고 속에는 그런 끔찍한 생각을 품고 있는지 누가 땅띔이나 하겠니. 기집애가 아주 맹랑하다니까. 복실이가 한참 눈을 흘겼다. 느네들은 그렇게 생각

안 보이는 홈

안 해? 점례는 둘을 번갈아 보며 다잡듯이 물었다. 그게 이불 뒤집어쓰고 혼자 해보는 생각이지 어디 뜻대로 될 일이니. 왜놈 죽이고 자기도 죽어야 하는 일인데, 많은 사람들 마음을 하나로 합치기가 얼마나 어렵겠어. 안 그래? 순심이의 눈빛에는 '안 그래?' 하는 말이 '넌 할 수 있어?' 하는 뜻이라는 말을 담고 있었다. 느네들 내 말 허튼소리로 우습게 생각하지 말고 찬찬히 생각해 봐. 젊은 남자들이 징용이고 징병에 끌려가기 시작한 것이 벌써 몇 년이니. 또 앞으로도 계속 끌려갈 거잖아. 그렇게 전국 각지에서 끌려가면 그 수가 얼마나 엄청나겠어. 근데 그 사람들 열에 여덟 아홉이 살아 돌아오지 못할 거라는 소문이잖아. 그렇게 전쟁터로 끌려가 몇십만 명이 죽으면서 왜놈들 종 노릇을 못 면하느니, 이래 죽으나 저래 죽으나 매일반이니까 나라 안에서 하나로 뭉쳐 왜놈들 죽이고 우리도 죽자고 덤비면 몇 만 명만 죽어도 왜놈들을 몰아낼 수 있을 거다 그 말이야. 내 말 알아듣겠어? 점례는 복실이와 순심이에게 동의를 받아내고야 말겠다는 듯이 더 강한 눈빛을 보내고 있었다. 애 기집애야, 그런 끔찍한 소리 그만 해. 그런 엉뚱한 소리 자꾸 하니까 네가 너처럼 보이질 않고 딴사람처럼 보여. 순심이가 울상을 지으며 입을 가렸다. 그래, 네 말 듣고 보니 맞는 말 같기도 해. 그치만 우리가 다시 남자로 태어날 수도 없고, 될 일이 아닐 것 같으다. 복실이가 그런 생각 그만 지우라는 듯 말했다. 알아, 내가 괜히 가망 없는 헛꿈 꾸고 있다는 거. 하도 답답하고 분하고 하니까 혼자 해보는 생각이지 뭐. 들릴 듯 말 듯 가느다란 점례의 한숨 소리는 창공 높이 뜬 연실만큼 길었다.

그러나 점례의 그런 생각은 여자의 엉뚱하거나 터무니없는 공상이 아니었다. 동양 전체를 집어먹고 싶은 야욕을 가졌던 이토 히로부미는 '내지인 3백만만 이주시키면 한반도땅은 영원히 우리의 것이 될 수 있다'고 공언했다. 그래서 그는 안중근 의사의 총을 맞을 수밖에 없었다. 이토 히로부미가 죽었지만 한반도를 차지한 일본은 3백만 이주 계획을 열심히 추진했다. 그런데 그 계획은 과히 성공하지 못해 일본이 항복했을 때 우리나라에 살고 있었던 일본인의 수는 80여만 명이었다. 그런데 일본의 폭압에 죽기를 작정하고 뭉치지 못한 우리나라 사람들은 징병·징용·정신대 같은 것으로 40여만 명이 끌려갔다. 그리고 36년 동안 죽어간 수는 줄잡아 400여만이었다. 점례의 말마따나

80여만 명이 10여만이나 20여만이었던 식민지 초기에 날마다 하나 죽이고 하나 죽고 하는 식으로 5만 명쯤 죽였다면 어찌 되었을까. 또, 80여만 중에서 40여만 명을 죽이고 우리도 40여만이 죽었다면 일본은 어찌 했을까. 이것은 모든 폭압과 독재 앞에 놓인 영원한 수수께끼고 숙제일지도 모른다.

강호식이 가끔 전하는 말로는 건강을 회복한 아버지가 전처럼 농사일을 시작했다는 것이었다. 과수원집 주인이 두 마지기 논문서를 아버지에게 보냈다는 말도 들었다. 그런데 아버지는 그 논문서를 불살라버렸다고 했다. 점례에게는 그런 아버지가 과수원집 주인을 두들겨팼다는 말을 들었을 때보다도 훨씬 더 크게 보였다. 그리고 과수원집 주인이 그 논문서를 절로 마음이 움직여 한 것이 아닐 거라고 점례는 짐작했다.

점례가 몸을 푼 것은 8월 초순이었다. 아들이었다.

"레이꼬는 얼굴이 예쁘니까 모든 일도 다 예쁘게만 한단 말야. 내 그럴 줄 알고 미리 사내 이름을 지어두었지. 마사오, 어때? 야마다 마사오. 허허허…… 나를 이렇게 쏙 빼닮게 낳다니, 수고했어, 수고했어."

야마다는 처음 임신을 알았을 때와는 달리 무척이나 흡족하고 행복해 했다.

  점례가 아버지의 중태 소식을 들은 것은 세이레가 지나서였다. 일하는 아이가 시장엘 나갔다가 말을 들어 왔다.

  "어디가 어떻게 아프시다는데? 빨리 세세하게 말해 봐!"

  점례는 숨 가쁘게 다그쳤다.

  "나도 그것밖엔 몰라요. 얼굴도 모르는 사람이 한마디 하고는 횡하니 가버렸어요."

  "병이 심해 똥오줌도 받아낸다고 하더란 말이냐?"

  "네에."

  "당장 가서 강씨 불러와! 강호식이 말이다."

  점례는 부르르 떨듯 소리를 질러놓고는 방바닥에 쓰러져 흐느끼기 시작했다. 보나마나 지난해에 당한 고초가 도져서 그런 중병이 된 것일 것이었다.

  "뭐……, 중풍이라던가……."

  강호식은 우물쭈물 몸을 사렸다.

  "왜 여태 알리지 않았어요. 왜 숨겼느냐고요."

  점례의 목소리는 사정없이 강호식의 얼굴을 할퀴고 있었다.

  "주임님께서……, 야마다 주임님께서 부인 몸 상하신다

고……."

"듣기 싫어요! 빨리 다 말해 봐요, 빨리."

점례가 아이를 낳던 날이었다. 아들이라는 소식을 야마다에게 전한 강호식은 주임의 방을 물러나오며 마음이 한껏 들떠 있었다. 그의 겨드랑이가 근질거리는 기분은 괜히 생긴 것이 아니었다. 아들이라는 말을 들은 야마다는 생각보다 훨씬 더 기뻐하며 좀체로 듣기 어려운 너털웃음을 웃어젖혔다. 자신이 전한 소식으로 주임이 저리도 만족스러워 하다니. 골치를 썩이던 독립 운동가를 체포하는 데 결정적 단서를 제공했을 때만큼 주임은 통쾌한 기색이었다. 강호식은 신바람나지 않을 수 없었다. 그 들떠오르는 기분을 그냥 덮어둘 수는 없었다. 술을 한잔 할까. 딱히 기분이 내키지 않았다. 기생 춘매를 품어볼까. 시원찮았다. 옳지! 거길 가자. 강호식은 한달음에 점례네 집을 향해 뛰었다. 집에는 아이들뿐 어른들은 논일을 나가고 없었다. 논으로 달렸다. 점례 아버지는 사람들과 논을 매고 있었다.

"아들이오, 아들!"

강호식은 점례 아버지를 불러놓고 이렇게 외쳐댔다.

"무슨 소리요?"

점례 아버지는 의아스럽게 눈을 껌벅였다.

"아, 아들을 낳았단 말이오. 딸이 손자를 낳았다니까요."

"뭐, 뭐, 뭐라고……."

점례 아버지는 호미를 든 손으로 이마를 짚는가 했더니 비틀비틀하며 쓰러지고 있었다. 점례 아버지의 머리가 논바닥에 박히기 직전 옆 사람들이 가까스로 붙들어 잡았다.

그 길로 집으로 옮겨졌지만, 깨어난 점례 아버지의 몸 왼쪽은 말을 듣지 않았다.

"나가요, 나가. 주임이 시키지도 않은 짓을 왜 하고 그랬어요. 주임에게 일러 당신도 가만두지 않겠어요. 보기 싫어요, 나가요!"

점례는 울부짖었다.

방정맞은 강호식이 너무나도 밉고 보기 싫었다. 임신을 알리지 않으려고 그다지 애써 온 것이 너무나 허망했다.

그러나 생각해 보면 자신의 그런 노력이 언제까지나 비밀로 지켜질 수는 없는 일이었다. 강호식이 방정을 떨지 않았더라도 소문은 바람 불듯 퍼지게 마련이었다. 언젠가 소식이 전해지면 아버지는 그때 또 몸을 상할 수밖에 없을 거였다. 야마다가 보낸 보약을 똥통에 처넣어버리고, 과수원집 주인이 보낸 논문서를 불태워버린 아버지였다. 그런데 왜놈 손자라니, 그 충격이 중풍을 불러올 만큼 컸을 것이라는 것을 점례는 충분히 이해할 수 있었다.

점례는 강호식의 미운 소행을 끝내 야마다에게 이르지 못했다. 왜놈 앞잡이 노릇을 하며 같은 조선 사람을 못살게 구는 강호식이었지만 차마 왜놈의 손에 넘겨 죽을 고초를 겪게 할 수는 없었다. 더군다나 딸이 왜놈 애를 낳았다는 소식에 충격을 받아 아버지가 그 지경이 되었다는 말을 들으면 야마다가 뭐라고 할 것인가. 점례는 그것도 마음에 걸려 그냥 입을 다물고 말았다.

점례는 아버지의 병문안도 가지 못했다. 자신을 보면 아버지의 병세가 더 나빠질 것 같았던 것이다.

점례는 부지런히 돈을 모았다. 그것을 장날이면 일하는 아이를 시켜 어머니에게 전했다. 애에게 돈을 줘서 보낸 다음 되돌아올 때까지 점례의 가슴에서는 방망이질이 그치지 않았다. 그러나 애가 전해오는 말은 언제나 마찬가지였다. 약을 써도 아버지의 병세는 차도가 없는 모양이었다. 점례는 몸살이 날 지경으로 마음이 타들고 안타까웠다. 마음 같아서는 당장 달려가고 싶었지만 또 하나의 손이 앞을 가로막고 있었다.

점례는 새벽마다 장독대에 물을 떠놓고 손을 모으기 시작했다.

10월로 접어들면서 야마다의 그 흉하고 망측한 짓은 다시 시작되었다. 거역할 수 없는 그 짓을 하면서 점례는 어서 또 임신을 해버리기를 바랐다.

섣달이었다. 눈을 뒤집어쓴 동생이 들이닥쳤다. 아버지가 위독하다는 것이었다.

점례는 눈이 퍼붓는 길을 채찍질 당하는 말처럼 내달았다.

아버지의 몰골은 알아볼 수가 없을 정도로 상해 있었다. 점례는 움켜잡은 이불 깃을 쥐어짜며 소리 내지 못하고 울었다.

움푹 파인 눈꺼풀이 가늘게 떨리다가 아버지는 더디게 눈을 떴다.

"아부지……."

점례는 기어코 울음을 터뜨렸다.

"누구……, 점예……?"

아버지의 목소리는 들릴 듯 말 듯했다.

"그래, 몸이나 성하냐……."

아버지는 이불 속에서 힘겹게 손을 빼냈다. 뼈마디가 드러난 아버지의 손은 허공을 더듬었다. 점례는 아버지의 그 깡마른 손을 덥석 잡았다.

아버지는 다시 눈을 감고 아무 말이 없었다. 움푹 가라앉은 눈, 그 눈꼬리에서 흐르는 눈물은 관자놀이께를 적시며 헤성한 머리카락 속으로 번져들고 있었다.

점례는 도무지 믿어지지가 않았다. 그 건장하던 아버지가 어쩌면 이렇게 변할 수 있을까 싶었다. 1년 몇 개월에 지나지 않은 세월이 새삼 끔찍스럽게 소용돌이치는 걸 느끼고 있었다.

"점예야……."

아버지의 가라앉는 목소리에 점례는 울음을 추슬렀다. 아버지의 생기 잃은 눈길은 점례를 더듬고 있었다.

"애를 낳았다지? 야, 야마다의 애를……. 딱한 일이다. 다, 다 이 애비의 죄니라. 호의호식시켜 키우지는 못했어도 귀하게 키운 자식이었는데……. 구색 맞춰 실한 사내한테 시집을 보내려 했었는데……. 기어코 왜놈 손에…… 왜놈 손에……. 아들이면 뭘 하고 딸이면 뭘 하겠니. 피 다른 자식은…… 피가 다른 자식은…… 아들이고…… 딸이고……

백이고…… 천이고…… 다, 다 소용없어. 애비가, 이 애비가 못나서 당한 일인데도…… 한이 되어…… 한이 되어…… 어디 제대로…… 눈이나 감겠냐."

아버지는 숨을 몰아쉬었다. 눈물이 줄지어 흘러내렸다.

"그만 도, 돌아가거라. 야, 야마다가……, 야마다가……, 어서……."

아버지는 점례에게 잡힌 손을 빼냈다.

"괜찮아요, 아버지."

"가거라……, 그만…… 가야 해. 내 맘이……, 그래야 내 맘이……."

아버지는 힘들게 팔을 들어 어서 가라고 손짓했다.

점례는 수없이 아버지, 아버지를 부르고 울면서 눈길을 걸었다. 몸이 그렇게 상하도록 깊은 아버지의 정을 새삼스럽게 느끼며 서러움이 깊이 깊이 사무치고 있었던 것이다.

아버지는 그날 밤 세상을 떠났다.

유언이 되어버린 아버지의 그 말은 무시로 귀에 맴돌았다. 아기에게 젖을 물리고 있을 때, 야마다에게 그 짓을 당하는 밤이면 그 숨 가쁜 아버지의 목소리는 자꾸 커지고는 했다. 그러나 점례는 아기에게 젖을 물릴 수밖에 없었고,

야마다의 명령을 거역할 수가 없었다. 점례는 아버지가 왜 마음에서 떠나지 않는지 야속하기까지 했다.

 해방의 소식이 전해진 것은 아들의 돌이 지나고 1주일이 못 되어서였다.

 떨리는 손으로 닛본또를 움켜잡고 이틀 밤을 뜬눈으로 새운 야마다가 사흘째 되는 날 밤 말 한마디 없이 자취를 감춰버린 휑한 집에서 점례는 애를 안고 하염없이 있었다.

 점심때가 가까워 어머니가 찾아왔다. 어머니는 거침없이 대문을 두들겨댔다.

 "어쩐 일이세요?"

 "이놈 간밤에 달아났지?"

 "네에?"

 "내 다 알고 왔다. 듣던 대로 집 한번 뻔드르르하구나."

 어머니는 휙 집을 둘러보더니 마루로 성큼 올라섰다.

 "뜬 걸 어떻게 알았어요?"

 "온 읍내에 소문이 쫙 퍼졌다. 제 놈들이 저지른 죄가 있으니까 야반도주를 한 게 아니냐. 보복이 무서워 제 놈들끼리 모두 한군데로 모여 달아났다더라."

"……."

그래서 닛본또는 버리고 가면서 권총은 가지고 간 모양이었다.

"똥줄이 타도 예사로 탄 건 아니로구나. 얼마나 다급했으면 제 새끼까지 버리고 갔을꼬. 바다 건너가다 콱 벼락이나 맞아 뒈져라!"

점례는 그때서야 닛본또만이 아닌, 자신이 안고 있는 아기도 버려졌다는 것을 깨달았다.

"너 정신 바짝 차리고 집 지켜라. 너한테 남은 것이라곤 달랑 이 집 한 채뿐이니까. 밖에서는 벌써 야단 난리가 났다."

"무슨……?"

"아, 서로 왜놈들 걸 차지하느라고 눈들이 뒤집혔어. 그러니 너도 이 집 잘 지키란 말이야. 이런 시국에 이것 틀어잡아 한밑천 잡지 못하면 그 설움 받고 고생하고 산 벌충을 어디서 할 거냐."

"……."

점례는 어머니를 물끄러미 바라보다가 눈길을 돌렸다. 어쩐 일인지 어머니는 아버지보다 훨씬 더 강하고 모질었다. 여자가 약하다는 것은 몸만 두고 하는 말이 아닐까 싶었다.

 칭얼거리는 애에게 젖을 물리며 점례는 문득 자신의 나이가 열아홉이라는 생각을 했다. 울음이 울컥 솟으며 지난 2년이 무척이나 길게 느껴졌다.

 야마다의 옷이며 소지품들을 대충 간추렸다. 그것들을 한쪽 벽장에 다 모았다.

 "그걸 다 없애버리잖구 왜 거기다 도로 집어넣냐?"

 옆에서 보고 있던 어머니의 참견이었다.

 "없애긴 없애야겠는데 걱정이에요. 어떻게 해야 될지……."

 "어떻게 하긴 뭘 어떻게 해. 태워버리든지 묻어버리든지 하면 그만이지."

 "네에?"

 "아니, 뭘 그리 놀래냐?"

 어머니는 영문을 모르겠다는 표정이었다.

 "죽지도 않은 사람 옷을 어떻게 태우고 묻고 그래요."

 "뭐라구? 너 지긋지긋하지도 않어? 야마다 그놈이 치 떨리지 않느냐구."

 "이건 염려 마세요. 내가 알아서 하겠어요. 그 사람이 일본으로 돌아가고 나서도 얼마든지 태우거나 묻거나 할 수 있는 일이니까요."

점례는 벽장문을 소리가 나게 닫아버렸다. 그러면서 자신의 얄궂은 마음을 알 수가 없었다.

야마다의 물건들을 무작정 태우거나 묻어버리면 야마다가 어떤 변을 당하거나, 무슨 사고가 일어날 것만 같은 무서운 생각이 엄습했던 것이다. 어머니가 어처구니없어하는 것 이상으로 지긋지긋하고 징글징글한 사람이 야마다였다. 그런데도 그에게 무슨 탈이 생길까봐 옷이며 소지품을 태우지도 묻지도 못하는 마음은 또 무엇일까. 자기 속에 든 자신의 마음이 왜 그러는 것인지 스스로도 알 수가 없었다.

장날 점례는 집을 나섰다. 마음이 좀 편하게 길거리에 나서는 것이 2년 만이었다. 장터는 예전에 없이 술렁거리고 생기가 돌았다. 오랜만에 나온 탓만이 아니었다. 일본 사람들이 그림자도 찾을 수 없이 깨끗이 사라져버린 세상, 그건 해방이 가져다준 해방의 기운인 것이 분명했다. 점례는 자신도 모르게 설레는 마음으로 숨을 크게 들이마셨다.

"이봐요, 이봐요, 밥값 내고 가야지, 밥값!"

한 여자가 국밥집에서 뛰어나오며 소리쳤다.

"하, 밥값은 무슨 밥값. 해방 됐으니 내 자유야, 자유."

여자에게 소매를 잡힌 남자가 여자만큼 큰 소리로 외쳐 댔다.

"뭐야! 또 이런 넋 나간 인간이 있네. 해방 하고 자유 하고 밥값이 무슨 상관이 있냐. 밥을 처먹었으면 밥값을 내야지 바른 이치지, 자유라고 밥값 떼먹으면 우린 흙파서 장사하냐! 빨랑 돈 내."

"이거 왜 이러셔. 내 친구도 자유라서 이발도 공짜로 하고, 밥도 공짜로 먹었어. 자유가 왜 좋은지 아직 모르셔? 그 고소한 맛 아시려면 아줌마도 포목점에 가서 옷감 공짜로 끊어보시라니까."

"이런 미친놈 봤나. 너 당장 콩밥 먹고 싶어!"

"콩밥? 그거 누가 먹이는데? 칼 찬 왜놈들 다 좆 빠지게 달아나버렸으니 콩밥 먹일 놈들이 있어야 말이지. 어디 주재소에 연락해 보시지. 누가 오나 보게. 헤헤헤헤······."

"요런 불한당 같은 놈이 있나. 해방 되자 요런 놈들이 생겨나니 이걸 어쩌면 좋아. 이거야 원, 해방 안 된만 못하네 그래."

"아줌마, 너무 분해하지 마셔. 곧 우리나라 순사들 생길 거니까 그때까지만 적선하시라구. 그래 봐야 백 그릇 되겠수? 크크크……."

"아이구 이놈, 뻔뻔하고 낯짝 두꺼운 거 보게. 너 한 번만 더 오면 그땐 똥물을 뒤집어씌우고 말 테니까 어디 또 와봐."

"헤헤헤, 국밥집이 어디 아줌마네뿐이우? 잘 먹고 갑네다."

"아이구, 해방이야 좋아했더니 별 생지옥 다 당하네. 에잇, 퉤, 퉤."

국밥집 여자는, 태평스럽게 휘파람을 불며 떠나는 사내 뒤에다 혀끝 떨어지도록 침을 뱉어댔다.

점례는 그 뜻밖의 사태를 지켜보며 속 간질거리는 웃음을 짓고 있었다. 그건 해방이 가져다준 흥겨운 마당굿 한 판이 아닐 수 없었다.

점례는 포목점 앞에서 걸음을 멈추었다. 옷감을 매만지고 있는 여자는 복실이가 분명했다.

"얘 복실아!"

점례는 복실이의 손을 덥석 잡았다.

"흥, 난 또 누구라고. 더럽다, 이 손 놔!"

복실이는 손을 홱 뿌리쳤다.

"아니……."

"어디 또 한번 뻐겨보시지? 제까짓 게 언제부터 그리 귀한 몸이 돼서 사람을 앉아서 맞고, 앉아서 보내? 왜놈 첩질이 그렇게도 당당한 세도던? 이제 권세 다 없어졌으니 허전하고 섭섭해서 어떻게 사시지? 바로 첩질한 뻔뻔스런 낯짝이래서 창피한 줄도 모르고 나돌아다니는 게지? 아이구 더럽다, 더러워."

"복실아, 그게……, 그게 아니고……."

"듣기 싫어! 아니긴 뭐가 아니야." 복실이는 와드득 쥐어뜯는 것 같은 기세로 빠락 소리치고는, "헹, 잘난 척하면서 도도하고 시건방지게 굴던 년이 결국은 똥 친 막대기처럼 버림받았구나. 그렇지 그럼. 사람 같지 않은 쪽바리 새끼가 얼굴 반반한 년 노리개로 데리고 놀다가 제놈 사정 급해지니 내동댕이치고 도망가버린 게지. 내 그꼴 당할 줄 알았다. 요런 더럽고 천한 신세 될 년이 그리도 뻣뻣하게 거만하게 구셔? 야 이년아, 주재소고 면사무소고 왜놈 쪽발이들한테 붙어먹었던 친일파 놈들은 제놈들이 지은 죄가 무서워 죄다 도망쳐버리고 없는데 니년은 뭐가 잘났다고 장터를 누비고 자빠졌냐. 니년도 친일파로 못된 죄 짓기는 마찬가지야. 니년의 그 잘난 낯짝을 확 긁어 파버려야 정신차리겠냐!" 그녀는 정말 점례의 얼굴을 할퀴는 것처럼 두 손으로 허공을 잡아뜯는 몸짓을 했다.

어느 틈에 빙 둘러선 사람들의 사이를 헤집고 나온 점례는 마구 뛰기 시작했다.

그후로 점례는 다시 집 안에만 틀어박혀 있었다. 복실이 아닌 딴 사람들에게도 그런 일을 당할 것만 같은 두려움을 떼칠 수 없었던 것이다.

10월이 다 저물어가는 어느 날 어머니에게 징용 나갔던 복실이의 외삼촌이 돌아왔다는 말을 듣고 점례는 얼마나 기쁘고 고마웠는지 모른다. 만약에 죽어서 돌아오지 못했다면……. 생각만으로도 너무 아슬아슬한 일이었다.

동짓달, 복실이가 시집가는 날에도 점례는 가보지 못하고 말았다.

짧은 사랑,
그 정

아버지의 소상 날에도 지난해처럼 하루 내내 눈이 내렸다.

그동안 순심이도 시집을 갔다.

어머니의 한숨 소리는 날로 더 깊어져 갔다. 점례는 그때마다 마음이 쓰였지만 못 들은 체할 수밖에 없었다. 날로 늘어가는 아들의 재롱도 귀여운 줄을 몰랐다. 오히려 아들의 재롱이 어머니의 한숨을 자아내게 한다는 것이 점례로선 속이 아렸다. 어머니의 한숨은 딸자식의 신세 때문에 절로 솟는 것이었다. 딸은 이제 스무 살일 뿐이었다. 그런데 애비 없는 자식이 하나 딸려 있었다. 어머니의 한숨 소리가 날로 커지고 깊어지는 것은 점례에게 말 대신 하는 말이었다. 이대로 한평생을 살 수는 없지 않느냐. 뭘 좀 어떻게 해봐야 할 것 아니냐. 어머니의 이런 말을 점례는 다 알아듣고 있었다. 그러나 어머니가 말을 꺼내놓지 못하니 자신도 모르는 척 하는 것이다. 무엇을 어떻게 해야 할 것인가 서로 눈치만 보며 겨울을 보냈다.

점례는 첫물 쑥이라도 뜯을 생각으로 아들을 업고 집을 나섰다. 어느 결에 들에는 파릇파릇 싹이 돋고 산에는 생기가 완연했다. 매운 겨울 속에서 다 죽어버린 듯했던 나무들의 가늘고 가는 실가지에서 마치 마술을 부리듯 새잎들이 피어나고 있는 것이었다. 그것은 자연이 일으키는 신묘한 기적이었다.

점례는 쑥을 뜯다가 넋 놓고 먼 산을 바라보는가 하면, 한자리에서 일어서면 도타운 햇볕 속을 한정도 없이 걸었다.

돌 위에 앉아 젖을 물리고 있던 점례는 귀를 기울였다.

멀게 멀게 들려오는 울음 소리.

──푸풀꾹 풀꾹, 풀꾹 풀꾹……

소쩍새가 울고 있었다. 임을 찾아 이 산 저 산을 헤매며 목메어 울다가 피를 토하고, 그 피를 되마셔 목을 축이며 다시 밤 새워 울고는 한다는 소쩍새.

"참 청승맞게도 운다."

점례는 아들을 꼭 끌어안았다. 서러움인지 슬픔인지 모를 것이 가슴 가득 밀려들었다.

품에서 잠이 든 아들을 업고 점례는 소쩍새 울음에 쫓기기라도 하듯 집으로 부지런히 발길을 놀렸다. 아름답고 눈부신 봄이 서럽고 외롭기는 처음이었다.

대문을 들어서던 점례는 주춤했다. 댓돌 위에 눈에 선 신발이 놓여 있었다.

조심스레 마루로 올라서는데 방에서 먼저 어머니의 목소리가 흘러나왔다.

"점예냐?"

"네."

"이리 들어오너라. 큰이모 오셨다."

이모……? 제자리에 못이 박힌 점례는 눈을 꼭 감은 채 아기를 받친 깍지 낀 손에 힘을 주었다. 이상하게도 애가 엎드려 자고 있는 등 어디에 틈이 있어서 그리도 서늘한 바람이 등줄기를 타고 흐르는 것일까. 그 불길한 느낌에 점례는 으스스 몸을 떨었다.

"애는 자는구나?"

점례는 어머니에게 애를 내려주고 돌아서서 옷매무새를 고쳤다. 그리고 이모에게 큰절을 했다.

"그래, 얼마나 마음고생이 크냐."

"……."

점례는 고개를 숙이고 있었다. 고개를 들면 곧 눈물이 쏟아질 것만 같았다.

"이놈이구먼? 듣던 대로 인물은 훤출하네. 지 에미 잘났겠다, 애비도 천골은 아니었으니……."

"그런들 무슨 소용이 있어요 글쎄."

"누가 아니래나. 그럴수록 더 가슴만 아프지. 쯧쯧……."

"그러니 제 속이 날이 날마다 숯 되어 가지요."

어머니는 하루 이틀 쉰 게 아닌 한숨을 또 꺼져라 내쉬었다.

"자식 둔 부모 속이 이런 때 오죽하겠는가. 두말이 필요 없지."

큰이모의 한숨도 어머니 따라 지향 없이 깊었다.

매——, 큰이모가 언뜻 병아리를 채가는 매로 둔갑하는

것 같았다. 순간 점례는 아들을 꼭 끌어안고 싶은 충동을 가까스로 누르고 있었다.

"점예야, 부엌에 좀 나가봐라. 이모 시장하시겠다."

점례는 쫓기듯 방을 나왔다. 참았던 울음이 터졌.

솥에서는 닭죽이 끓고 있었다.

어머니와는 거의 열 살 차이가 나는 큰이모. 큰이모는 맏이기도 해서였지만 외가 쪽에서 제일 무서운 사람이었다. 세 외삼촌들도 큰이모 앞에서는 눈치 보고 몸을 사리며 함부로 하지 못했다. 그만큼 이모는 잘살기도 했다. 2백여 리 떨어진 B시에서도 알아주는 부자였다. 소학교에 들어갔던 해 여름 방학에 놀러 간 일이 있었다. 그때 논이 얼마나 많으냐고 묻자 큰이모는 네가 하루 종일 밟아도 다 못 밟을 만큼 많다고 했다. 그때 아리송하기만 했던 큰이모의 말이 좀더 확실하게 이해된 것은 구구단을 외우고 곱셈 나눗셈을 익히면서였다.

점례는 상을 차리면서 몇 번씩이나 행주질을 했다. 눈물이 자꾸 떨어졌던 것이다.

아버지의 장례에도 오지 않은 큰이모였다. 이모부의 말로는 아파서 못 온 것이라 했다. 그 말이 정말인지는 모르지만, 부자인 큰이모가 아버지의 장례에 오지 않았다고 해서 누구 하나 탓하는 사람이 없었다. 그런 큰이모가 갑작스럽게 온 것이다. 점례는 커다란 바위에 짓눌리기나 한 것처럼 답답하고, 우악스런 손아귀에 목을 졸리는 것처럼 숨이 차오르는 것이었다.

큰이모는 식사를 마칠 때까지 별다른 말이 없었다. 설거지를 마치고 안방으로 불려갔다.

"게 앉거라. 애 젖은 먹였나?"

"네……."

큰이모 앞에서 점례는 주눅부터 들었다.

"돌 지난 아이 젖 자꾸 먹이는 것도 안 좋다. 에미 몸만 휘지고 살로 가지도 않고. 인제 밥살이 올라야 하니라."

"……?"

점례는 고개를 들었다가 이내 떨구었다. 큰이모의 엄한 눈길이 내려다보고 있었다. 큰이모의 그 말이 예사로운 것일 텐데도 점례는 이상하게 불길함을 느꼈다.

"점예 너 몇 살이랬지?"

"스물입니다."

"그렇댔지. 참 좋은 나이다." 이모는 푹 한숨을 쉬고는,

"헌데 애석한 일이로구나." 쯧쯧쯧쯧 빠르게 혀를 찼다.

왼쪽 무릎은 꿇고 오른쪽은 꺾어세워 가슴께에 붙여 두 손바닥을 무릎 위에 포갠 점례는 바위처럼 굳어져 있었다.

"애비가 생각킬 때가 있더냐?"

"……."

점례는 속입술을 꼬옥 깨물었다. 애비, 야마다. 그 사람이 생각날 때는 없었다. 애초에 마음을 준 사람이 아니었던 것이다. 어쩌다 꿈을 꾸면 나쁜 기억들로 엮어지는 악몽이었다. 큰이모의 말은 그리울 때가 있느냐는 뜻이리라. 있을 리 없다. 그러나 어떻게 대답을 해야 좋단 말인가.

"어른 말씀에 대답을 해얄 것 아니냐."

어머니가 거들고 나섰다.

"자넨 가만있게. 그런데 점예야, 애비하고는 달리 애는 귀엽지?"

"……."

점례는 분명 대답을 했다. 그런데 "네" 소리는 목에 꽉 걸려서 밖으로 나오지 못했다.

"어떠냐, 그렇지?"

점례는 빠르게 고개를 끄덕였다. 큰이모와 어머니가 마

주보고 고개를 젓는 것을 점례는 보지 못했다. 그리고 뒤이어 어머니가 큰이모에게 하는 눈짓도.

"점예야, 너 앞으로 어떻게 살 작정이냐?"

"……"

점례는 웅크린 몸이 차츰 굳어지는 것을 느꼈다. 묻는 말마다 대답을 할 수가 없는 물음인데다, 가슴을 눌러오는 압박감은 점점 커져가는 물음들이었다.

"네 속 답답한 걸 왜 모르겠냐. 처음부터 네가 무슨 죄가 있었던 것도 아니고. 내가 이제부터 하는 말 잘 들어라."

큰이모는 목청을 다듬었다.

점례는 드디어 불길한 상자가 열리려 하는 것을 느꼈다. 그동안 못 들은 척 피해왔던 어머니의 한숨 소리가 마침내 피할 도리가 없는 말로 바뀌려 하는 참이었다. 그것도 무서운 큰이모의 입을 통해서.

"네 나이 이제 겨우 스물이다. 앞길이 구만리 같은 창창한 나이에 애비 없는 자식을 데리고 혼자 산다는 것이 말처럼 쉬운 일이 아니다. 네가 이 지경이 된 과거사를 다시 들춘들 무슨 소용이 있겠니. 네 잘못도 부모 잘못도 아닌 일이었으니까. 본래 여자란 일부종사하는 것이다. 그것이 여자의 길이고, 여자가 지켜야 하는 도리다. 그렇지만 그것도 경우가 따로 있고 또 형편이 따로 있는 법이니라. 연분에 맞춰 하늘이 맺어준 짝을 찾아 백년가약 혼례를 올렸을 때는 하루를 살아도 남편이요, 이틀을 살다 혼자가 돼도 일부종사해야지. 헌데 너처럼 억지 춘향이가 된데다가 핏덩이나 다름없는 자식 하나 덜렁 남겨놓고 달아나버렸으니 이 일을 어쩌면 좋겠느냐. 그것도 애비가 조선 사람이라면 또 모르겠다. 바다 건너 달아나버린 왜놈이니 어느 세월에 다시 만날 것이며, 평생 저 자식 키워본들 무슨 영화가 있겠니. 처자식 거느리고 바다 건너에서 희희낙락거리며 사는 놈을 바라고 평생을 혼자 살아본들 열녀 칭송을 받겠니, 그 누가 열부라고 표창인들 하겠니. 아는 사람이면 누구한테나 손가락질당하기 십상이고 업신여김받기 꼭 알맞을 일이다."

큰이모는 말을 끊었다.

"나 물 좀 주게나."

어머니가 재빨리 부엌으로 나갔다.

전혀 생각하지 않은 문제는 아니지만, 막상 앞으로 어떻게 살아갈 것인가를 생각하면 겁부터 나고 막막해서 점례는 의식적으로 피해왔던 것인지도 모른다.

목을 축인 큰이모는 다시 입을 열었다.

"그럼, 남들 눈 때문에 사는 거냐고 할지도 모르겠구나. 구더기 무서워 장 못 담글 리 없으니까 남들 눈은 개의치 않는다고 치자. 너도 빤히 알다시피 네 에미가 혼자 아니냐. 에미야 나이도 나이고 어린 자식들이 있으니 어차피 혼자 살아야지. 그뿐만이 아니라 네 에미야말로 일부종사해야지. 그런데 이것 봐라. 과부가 된 에미 밑에 애비 없는 자식을 가진 딸이 산다? 이게 무슨 꼴이냐. 한 처마 밑에 두 모녀 과부가 산다고 생각해 봐라. 그 집안꼴이 뭐가 되겠는가. 시어머니 며느리 2대 과부는 한 처마 밑에 살아도 오히려 떳떳하지만 친정에미와 딸이 과부꼴로 한집안에 사는 법은 이 세상에 없느니라. 일부종사, 수절을 지키려면 시집에서 하는 일이지 친정에서 하는 일이 아니다. 그리고 딸자식 가진 에미가 과년한 딸을 흡족하게 해서 시집을 보내보지 못하는 것처럼 한스러운 일도 없다. 이 꼴이 된 점예 네 속도 기가 막히겠지만 에미의 가슴에 맺힌 한도 눈을 감기 전까지는 풀리지 않을 것이다. 그런데 그런 에미 곁에서 소박을 당한 것도 아니고 사별을 한 것도 아닌 과부꼴로 시들어간다면 에미가 어떻게 살겠니. 아마 한이 겹쳐 말라비틀어져 죽을 것이다."

큰이모는 또 물을 벌컥벌컥 들이켰다.

점례는 곧 쓰러질 것만 같았다. 불길한 예감대로 큰이모는 한 발짝, 한 발짝, 차근차근 몰아대고 있었던 것이다. 뒷걸음질칠 데가 더는 없는 벼랑이 머지 않았던 것이다.

"그러니……, 아직 늦지 않았다. 정식으로 시집을 가도록 해라."

이미 예상했고 짐작했던 말이었다. 그런데도 가슴이 쿵 내려앉았다.

"일본 사람하고 정식으로 결혼을 한 것이라면 내가 또 이러지도 않는다."

점례는 진땀을 흘리고 있었다.

"애는 어머니한테 맡기면 된다. 동생들 키우는 김에 키우면 되는 거니까."

그럼……, 점례는 부들부들 떨고 있었다.

"세상일은 다 마음먹기에 달렸다."

점례는 정신이 아물아물해지고 있었다.

"세월이 흘러 나이 먹고 잘살게 되면 다 잊어버리게

되고 덮이게 마련인 것이 사람일이니라."

"……."

"……."

큰이모는 계속 말을 했지만 점례에게는 더는 아무 소리도 들리지 않았다.

밤이 늦어서야 자기 방으로 건너온 점례는 잠든 아들 옆에 푹 꼬꾸라졌다.

"밤새 잘 생각해 봐라."

"생각할 거 뭐 있나요. 그대로 결정 내린 일인걸요."

큰이모와 어머니의 이런 말이 뒤섞이고 있었다.

아가는 숨소리 고르게 자고 있었다. 아가의 손을 가만히 감싸잡았다. 따스한 체온이 보드랍고 여리게 손을 타고 올라 전신으로 퍼지는 것을 점례는 아련히 느꼈다.

이런 자식을 버려두고……. 이 어린것이 무슨 죄가 있다고……. 도저히 안 될 말이었다. 그러나 큰이모는 한사코 일부종사할 자격이 없다고 말을 착착 꿰맞췄다. 애초에 일부종사 같은 것은 생각해 본 일조차 없었다. 결국 큰이모의 말은 혼자 살 자격조차 없다는 뜻이었다. 큰이모가 원망스러웠다. 아니 무서웠다. 아버지가 그렇게 억울하게 당하고, 자신이 그런 신세가 될 때에는 말 한마디 없던 사람이 이제 와서 어쩌자고 이러는 것인가. 그런 큰이모가 야마다 못지않게 무섭고 싫었다.

수절을 하려면 시집에서 하는 것이지 친정에서 하는 것이 아니라고 했다. 틀린 말이 아니었다. 그러니 어쩌란 말인가. 시집으로 가든지, 그렇지 않으면 시집을 가라는 것이었다. 야마다를 찾아 일본으로 갈 수 없는 것을 알면서 이모는 그렇게 몰아세웠다. 시집을 갈 수밖에 없도록 막다른 골목으로 몰기였다. 거기에 맞서는 한 가지 방법이 없는 것이 아니었다. 아들을 데리고 집을 떠나면 그만이었다. 이 세상에 친정어머니와 딸이 과부꼴로 한집안에 사는 법은 없다니까 자신이 아들을 데리고 집을 떠나면 간단했다. 식모살이를 하든 유모살이를 하든 두 목숨이 굶지만 않으면 될 일이었다. 그러나……, 젖먹이가 딸린 여자에게 누가 식모살이인들 제대로 시켜줄까……. 죽기를 작정하고 나서면 두 입이 굶지는 않는다 하더라도 커나는 자식의 뒷바라지는 어찌할 것인가. 가르치지 못하는 부모꼴은 뭐며, 배우지 못한 사내가 사람 구실인들 제대로 할 수 있을 것인가…….

점례는 삼키고 삼킨 눈물로 목이 잠기고 있었다.

아들을 어머니에게 맡기고 시집을 간다. 그래서 어쩌자는 것인가. 처녀로 속이자는 말이 아닌가. 그럼 아들과는 생이별을 하는 것이다. 평생을 속여야 할 것이니 호적은 어디다 올릴 것인가. 어쩔 수 없이 막내동생 뒤에 붙게 될 것이다. 그럼 성(姓)은 김가가 되고, 아들이 동생으로 둔갑하게 된다. 못할 짓이다. 시집을 가서 무슨 영화를 보자고 그런 모진 짓을 하라는 것인가. 처녀로 속여 시집을 가서 평생을 가슴 조이고, 자식과는 생이별을 하여 삭힐 길 없는 한을 심는다. 거기다가 자식을 동생으로 만들어야 하는 짓까지 해가며 이중 삼중의 죄를 짓느니보다는 기왕 망쳐진 신세 돈 많은 사람의 첩이 되는 게 오히려 나을 것 같았다. 하지만 첩살이 그게 어디 사람이 할 짓이며, 그렇게 살아서 무엇한단 말인가. 차라리 죽어버리자. 저것을 끌어안고 죽어버리자. 어차피 잘못되고 망쳐진 팔자였다. 죽어버리면 그보다 더 말끔하고 간단한 해결책은 없을 거였다. 이 세상을 떠나버리면 저 어린것은 애비 없는 자식으로 괄시를 안 받아도 되고, 식모 아들로 천덕꾸러기가 안 되어도 되고, 평생 에미 떨어져 살며 에미와 형제가 안 되어도 되는 게 아닌가.

 점례는 와락 아들을 보듬었다. 그리고 가슴에 꼭꼭 감싸며 다독거렸다. 새근새근 곤히 잠든 아들의 얼굴을 물끄러미 내려다보며 점례는 마음에 야릇한 파장이 일어나는 것을 느끼고 있었다. 햇살이 퍼지며 거짓말처럼 짙은 안개가 걷히듯 죽어버리려고 했던 생각이 차츰차츰 가셔지고 있었다. 그리고 그 빈 자리에 새로운 생각이, 혼자 살 수 있을 것 같은, 아들만 이렇게 곁에 있으면 혼자 살 수 있다는 생각이 용기로 변하면서 가슴을 채워 오고 있었다. 그건 여태껏 가져보지 못한 확신이었고, 새로운 힘이었다. 야마다가 버리고 간 것이 아니라 자기에게 남겨 주고 간 것이라는 생각까지 들었다.

 아들을 꼭 끌어안은 점례는 누가 뭐라 해도, 어떠한 일이 있어도 이 자식을 데리고 혼자 살 수 있다고, 혼자 살아내겠다고 마음을 다졌다.

 애 옆에 엎드려 깜빡 잠이 든 모양이었다.

 "점예야, 점예야, 그만 일어나거라."

 어머니가 옆에서 깨우고 있었다. 놀라 일어난 점례는 저고리 섶을 여미고 머리칼을 쓸어올렸다.

"어서 세수하고 채비해라."

"네에?"

"어젯밤에 큰이모가 할 얘기는 다 했잖았니. 어서 일어나거라."

어머니의 목소리는 어느 때 없이 싸늘했다.

"어머니 그게, 그게 아니고……."

"글쎄 여러 말 할 거 없다니까 그러는구나. 갈 길 먼데 서둘러라."

나꿔채 듯 소매를 끄는 어머니의 힘에 따라 점례는 일어설 수밖에 없었다.

"날 더 밝기 전에 떠나야 된다. 큰이모는 일어나신 지 오래되었다."

등을 떠밀려 방을 나서는 점례는 야마다가 떠나버린 것을 알았을 때보다도 더 캄캄한 절망감을 느꼈다.

먼동이 터오고 있었다.

부엌문을 붙들고 선 점례는 심한 어지러움에 시달리며, 차라리 죽어버려야 한다고, 기어이 혼자 살아야 한다고, 속이며 시집을 가느니 첩질이 더 낫다고, 어떤 일이 있어도 혼자 살아야 한다고, 이럴 바에는 죽어야 한다고……

뒤죽박죽으로 뒤엉키는 생각에 휘말리고 있었다.

"애 점예야, 어서 나서라."

어머니가 어깨를 흔들었다.

"어머니……."

점례의 눈에서는 주르르 눈물이 흘러내렸다. 나 혼자 살겠어요. 나 혼자 살 수 있어요. 분명 이 말을 외치고 있는데도 입 밖으로는 나오지 않았다.

"너 여태 세수도 안 했구나! 안 되겠다, 세수고 뭐고 관둬라."

점례는 어머니에게 손목을 붙들려 안방으로 끌려 들어갔다. 큰이모는 떠날 채비를 다 갖추고 있었다.

"애가 고집 부릴 게 따로 있지. 다 누굴 위해서 어른들이 이 고생인데 고집이냐, 고집이."

어머니의 기세가 차고 매서웠다.

"너무 야단하지 말게. 점예야, 네 맘도 내 다 안다. 허나 세상살이란 살아본 어른들 말을 들어야 그나마 실수도 손해도 덜한 법이다. 니가 정 시집을 안 가겠다고 고집하고 혼자 살 결심이 단단하다면 나도 굳이 말릴 생각은 없다. 내 기왕 이렇게 온 길이니까 그 일과는 상관없이 우리집에 놀러라도 가자. 요즘 네 맘도 시끄러울 게고, 나도 혼자 가기는 적적하고 하니 바람이나 쐴 겸 같이 가자꾸나. 애도 이제 밥 먹을 수 있겠다, 며칠 쉬었다가 오려므나. 이런 때 집에만 박혀 있으면 사람만 더 상하느니라. 갈 길이 멀다, 어서 채비해라."

큰이모는 어머니보다 부드럽고 여유로웠다. 그러나 그 말은 한결 더 무서웠다. 따라나서지 않을 수 없게 만드는 그 말 앞에서 점례는 그만 미칠 것만 같았다.

어머니와 큰이모가 야속하고, 가슴 속의 말을 제대로 한 마디도 못하는 자신이 야속했다. 어젯밤에 그렇게 굳게 결심했던 마음이 왜 어머니와 큰이모 앞에서는 흐물거리고 맥을 못 쓰는 것인지 알 수가 없었다. 밤에 했던 생각이 낮이 되자 이상하게 변한다는 것을 점례는 첫경험하고 있었다.

점례는 될 수 있는 대로 천천히 옷을 갈아입었다. 그러면서 아들이 잠이 깨기를 바랐다. 마지막 젖을 물리고서 떠나고 싶었다.

"아무거나 입고 나오너라. 며칠 댕겨올 건데 뭘."

큰이모는 벌써 마루에 나와 있었다. 이제 큰이모는 야

마다보다 더 무서운 사람이었다. 며칠이 아니라 평생이고, 이 길로 집을 떠나고 말면 아들과는 영영 이별이 되고 말 것이다. 도대체 어른이란 무엇인가. 어른이란 사람들은 어떻게 생겨먹었길래 이다지 사람의 속마음을 마구잡이로 무질러버릴 수 있는 것인가. 나를 내버려두라고 소리소리 지르고 싶고, 내 일에 간섭하지 말라고 발버둥치며 울고 싶고, 나 혼자 살 자신이 있다고 반항하고 싶었지만 그건 생각일 뿐이었다.

"인제 그만 가자. 너무 늦었다."

점례는 아들의 볼에 자신의 볼을 댔다. 간절하게, 딱 한 번, 마지막으로 젖을 배불리 먹이고 싶었다. 그러나 자는 것을 깨울 수는 없었다. 볼을 떼었다. 아들의 얼굴에 뚝 떨어지는 것이 있었다. 눈물이었다. 점례는 얼굴을 멀리하고 손을 뻗쳐 조심스레 그 눈물을 닦아냈다.

"점예야!"

벌컥 문이 열렸다. 소스라쳐 벌떡 일어난 점례는 흑 울음을 터뜨리며 방을 뛰쳐나갔다.

한숨과 속울음으로 보내는 나날이었다. 큰이모는 새 옷을 해준다, 곡마단 구경을 시켜준다, 이름난 절에 데려간

다, 수선을 피웠지만 어느것 하나 마음에 차는 것 없이 성가시기만 했다.

밤마다 아들이 꿈에 보였다. 마루에서 굴러떨어지는 꿈이었다. 끓는 솥에 곤두박이는 꿈이기도 했다. 동생이 업고 까불리다가 허리가 벌떡 넘어가는 꿈도 있었다. 병이 들어 숨이 넘어가는가 하면, 개에게 물리거나 뱀에 친친 감겨 있기도 했다.

밥맛을 잃고 시들거렸지만 때만 되면 젖은 부풀어올랐다. 남의 눈을 피해 젖을 짜내며 점례는 또 눈물을 씹었다.

달포가 넘어도 큰이모는 가라는 말을 하지 않았다. 그렇다고 점례는 돌아가겠다는 말을 꺼내지도 못했다. 그만큼 큰이모와 어머니는 달랐다.

그날도 점례는 술상을 차렸다. 밥이나 빨래, 설거지 같은 힘들고 거친 일은 하지 않았다. 그러나 반찬을 만들거나 술상을 보는 일은 점례의 차지였다. 왜 그러는지 큰이모는 그런 일은 꼭 점례에게 시켰다.

"술상 다 됐는데요."

"그래 애썼다. 그걸 사랑에 좀 내다 드려라."

으레 그런 순서였다. 하루에 한두 번쯤 차리는 술상을 사랑에 내는 데까지가 점례가 하는 일이었다.

"몇 분이나 계시던?"

"이모부하고 못 보던 젊은 사람, 두 분이에요."

"음 그래, 내 다리 좀 주물러라."

며칠이 지났다. 저녁상을 보아가지고 사랑으로 나갔다.

방문을 들어서던 점례는 황급히 눈길을 돌렸다. 며칠 전에 본 그 젊은 남자였다. 방문을 들어서자마자 정면으로 눈길이 맞부딪친 것이었다. 이모부 앞에 상을 놓을 때까지 점례는 그 남자의 눈길을 따갑게 느꼈다. 상을 놓고 물러서는 점례는 귓불이 화끈거리는 것을 붉은 부끄러움으로 느껴야 했다. 남자의 눈길을 그런 느낌으로 느끼기는 처음이었다.

"곧 숭늉 드려라."

"……."

대답은 나오지 않고 입만 시늉을 했다. 그때까지도 남자의 눈길은 줄곧 쏟아지고 있었다.

마당을 가로지르며 숨을 몰아쉰 점례는 그때서야 자신의 가슴이 심하게 뛰고 있음을 깨달았다. 점례는 흘러내리지도 않은 머리칼을 쓸어올렸고, 아무것도 묻지 않은 얼굴을 몇 번이고 문질렀다. 아직까지도 그 남자의 눈길이 얼굴에 묻어 있기라도 한 것처럼. 참 이상한 남자도 다 있다 싶었다. 어찌 그런 눈빛으로 여자를 그리도 깊고 뜨겁게 쳐다볼 수 있는 것인가.

점례는 큰이모에게 상을 내다 드렸다는, 으레 하게 되어 있는 말을 하지 않고 바로 부엌으로 들어갔다. 매사에 눈치 빠르고 빈틈없는 큰이모에게 자신의 얼굴을 보였다가는 지금의 기색을 영락없이 들킬 것만 같았던 것이다.

점례는 부지깽이로 부엌 바닥을 후벼파고 있었다. 아무래도 숭늉을 내갈 것이 걱정이었다. 또 그렇게 쳐다보면 어떻게 하나. 생각만 해도 숨이 차왔다. 무슨 남자가 그리 예절도 없이 모르는 여자를 그리도 쳐다보는 것이며, 어찌 된 눈길이 그토록 힘이 세고 따가운지 모를 일이었다. 또 그런 눈길을 받아야 된다고 생각하자 점례는 사랑에 나가기가 겁이 났다. 그 눈길에 신경 쓰여 숭늉을 엎지르게 되면 어쩌나 싶었던 것이다.

"무신 속이 고렇게 탄데유? 식기 전에 물 올려유."

"속은 무슨 속이 타? 괜히 참견 말어."

점례는 갈포댁에게 눈 하얗게 흘기며 쏘아붙이고 부엌을

나섰다. 갈포댁이 그런 점례의 등 뒤에다 대고 어깨 들썩이는 눈웃음을 보내고 있었다.

　방문을 열기도 전에 숨이 차올랐다. 점례는 한껏 숨을 들이마시고 눈을 내리깐 채 방문을 열었다.

　남자의 눈길은 변함없이 점례에게로 쏟아졌다. 점례가 두 개의 숭늉 그릇을 올린 쟁반을 조심스레 놓고 일어서려는 참이었다.

"하나는 날 주고, 하나는 손님 앞에 놓아드려라."

　이모부가 일렀다. 전에 없었던 일이다. 점례는 시키는 대로 할 수밖에 없었다. 그 남자 앞의 국그릇을 들어내고 숭늉 사발을 놓으며 점례는 자신의 손이 떨리는 것을 의식했다.

　점례는 발을 구르며 마당을 건넜다. 이모부는 또 무슨 주책이람. 세상에 참 그리도 상스럽고 뻔뻔스런 남자가 어디 있어. 제 계집도 아니고, 더구나 술집 기생도 아닌데 어쩌자고 사람을 그따위로 뚫어지게 쳐다볼 수가 있담. 명난 바람둥이일까? 글쎄에……? 그런 사람이면 이모부가 겸상으로 함께 밥을 먹을 리 있을까?

"속이 더 타지유? 숯 되기 전에 찬물 한 사발 허시겄시

유?"

 부엌으로 들어서는데 갈포댁이 능글맞게 웃으며 말반죽을 하고 나섰다.

 "갈포댁은 아까부터 자꾸 무슨 소리야? 속은 무슨 속이 탄다는 거지?"

 "그래야지유 암만, 그래야 허구말구유. 좋고 존 일로 타는 속인디 찬물로 꺼질 리가 있겠어유."

 갈포댁은 다 알고 있다는 듯 느물느물 웃었다.

 어머나, 그랬었구나! 순식간에 점례는 귓불이, 얼굴이, 목덜미가 화끈거리고 숨이 가빠오며 가슴이 쿵쿵 울리고 있었다. 그렇게 생각하니 모든 것이 예사로 일어난 일이 아니었다. 갈포댁까지 알고 있는 일을 자신만 몰랐던 것이다.

 저녁을 마치고 나서 큰이모가 불렀다.

 "요즘에 얼굴이 좀 나아졌구나. 내 어깨 좀 주물러다구."

 점례는 큰이모의 등뒤로 돌아가 무릎을 꺾어세웠다.

 큰이모는 언제나 이런 식이었다. 무슨 말을 하려면 딴전을 피워 뜸을 들이는 버릇이 있었다. 큰이모와 말을 할 때는 정신을 바짝 차려도 어느 틈엔지 이쪽이 먼저 뜸이

들어버려 말려들곤 했다. 그러나 오늘만은 뜸을 들일 필요가 없는데 큰이모는 괜한 수고를 시작하고 있는 셈이었다.

"넌 요새도 혼자 살겠다는 결심인 거니?"

"……?"

무척 시건방지거나 여자 다루는 데 능한 남자일 게 틀림없었다. 건달이라면 상건달일 것이고. 그렇지 않고서야…….

"이렇게 사는 게 이젠 답답하지?"

"……"

헌데 그 생김이나 풍기는 인상이 건달이나 바람둥이 같지는 않았는데. 그럼 자신만만해서 그런 것일까. 글쎄, 무엇이 그리 자신만만 할까……?

"나이 찬 여자가 답답함을 면하려면 천상 한 가지 방법밖에 없느니라."

큰이모가 정한 남자, 건달이면 어쩌고 바람둥이인들 어찌 할 것인가.

"시집을 가야지. 시집을 가면 잔근심 다 가시고 깨가 쏟아지는 법이니. 옳지, 그 옆에, 거기 좀 꼭꼭 주물러라."

"……"

"오늘 사랑에 오신 손님은 누구였지? 아는 사람이던?"

점례는 마른침을 삼켰다. 뜸을 다 들인 것이다. 이제 대답을 피할 도리는 없었다. 피할 필요도 없었다.

"며칠 전에 왔던 그 젊은 사람이었어요."

"그래? 한 번 보고 나서 얼굴을 알아보겠던? 연분은 연분이로구나. 그러기가 어려운데, 천생연분이야."

이모는 이렇게 휘감아들었다. 점례는 그만 얼떨떨하고 아리송해졌다. 술상을 들여다 놓으며 아무런 관심 없이 얼핏 보았을 뿐인 남자를 다음번에 알아볼 수 있는 것은 정말 연분 때문인가? 정말 그런가……? 연분……, 천생연분……, 그게 뭐지? 그런 게 정말 있기는 있을까…….

"그 남자 생김새가 어떻더냐? 내 눈엔 미남이던데, 어디 당사자인 점예 얘기 좀 들어보자."

"……."

할말이 있을 리가 없었다. 큰이모 눈에 미남이면, 미남인 것이다.

"사람 하나 똑똑하지. 얼굴만 잘생긴 게 아니라 실하고 속이 찬 사내야. 머잖아 크게 될 사람이다. 눈에 총기가 들었어. 그 눈이 보배야."

점례는 눈을 감았다. 그럼 그 매섭던 눈초리는 건달기나 시건방져서 그런 게 아니란 것인가.

"이모부가 그러는데, 그 사람이 네가 맘에 든다고 하더란다. 얼마나 다행이냐. 아니지, 그 눈이 여자도 고를 줄 아는 게지. 우리 점예라고 어디 나무랄 데 있나. 오냐, 오냐, 그만 주무르고 이리 와 앉아라."

그러지 않아도 점례는 더 이상 주무를 수가 없었다. 나무랄 데가 없다니, 점례는 팔다리의 힘이 쑥 빠졌던 것이다. 이미 남자가 범해버린 몸이었다. 2백 리 밖에는 멀쩡하게 아들이 살아 있었다. 이보다 더 큰 탈, 이보다 더 큰 흠이 어디 또 있을까.

남자 나이 스물넷. 성은 박씨라 했다. 흠이 있다면 양친이 없는 점이라는 것이었다.

박항구의 아버지는 독립 투사였다. 그래서 그의 어머니는 잠시도 편할 날이 없이 순사들에게 시달려 마음고생 몸고생이 극심했다. 항시 순사들의 감시를 받았고, 어떤 때는 끌려가기도 했다. 풀려나와서도 그의 어머니는 입을 여는 일이 없었다. 그러나 어떤 때는 심한 고초를 당한 눈치가 보일 때도 있었다. 박항구의 아버지가 이모부와 절친한 사이였기 때문에 한동안은 이모부도 꽤나 의심을 사기도 했다. 그래서 이모부는 주재소 주임을 비롯하여 높은 자리에 있는 일본 사람들에게 더욱 접근하지 않을 수 없었다. 명절이면 빼놓지 않고 고루 선물을 보냈고, 평소에도 그들이 하는 일에 누구보다 먼저 기부금을 내는 등 협조를 게을리 하지 않았다.

그래서 이모부에 대한 신임은 각별한 것이 되었고, 박항구 어머니가 큰이모네에서 이런 저런 일을 도와가며 살아가는 것도 덮어질 수 있었다. 그보다 더 중요한 문제는 박항구의 학비가 이모부에게서 나가는데도 묵인되고 있었다는 것이다. 그런데 해방 서너 해 전이었다. 박항구의 아버지가 특수 사명을 띠고 만주에서 압록강을 건너 잠입하여 서울로 향하다가 평양 근방에서 체포되었다는 사실이 ㅂ시까지 전해졌다. 이 사실이 소문으로 퍼지기 전에 이미 그의 어머니는 붙들려갔다. 그리고 이모부까지 불려가서 여러 가지 조사를 받아야 했다. 사전(事前)에 무슨 연락이 오갔는지를 캐려는 것이었다. 이모부는 무사히 돌아왔지만, 그의 어머니 소식은 안개 속으로 사라져버린 듯 묘연했다. 그런데다 박항구는 퇴학을 당했다. 중학교 4학년이었다. 사건이 사건이었던 만큼 이모부로서도 그의 어머니 행방을 알아볼 방법이 없었고, 박항구의 퇴학 처분에도 어디에다 사정 한마디 못해보고 말았다. 들리는 소문으로는 그의 아버지가 총살을 당했다고 했다. 그의 어머니는 고문에 못 이겨 죽었다고 했다. 그렇다면 시체는 돌려줘야 할 텐데, 그런 조처도 없었다. 그런데도 아무런 요구도, 항의도 할 수 없었다. 식민지 시대란 그런 시대였다. 또한 박항구가 다시 학교를 다닐 기회도 오지 않았다. 주재소에서는 그에게 학교에 다시 다닐 기회를 주지 않음은 물론이고, 그 동네를 벗어나서는 안 된다는 금족령을 내리기까지 했다. 그 쇠고랑 채우지 않은 감옥살이는 해방이 되어서야 겨우 풀렸다. 해방이 되자 박항구는 왜놈들을 처단하겠다고 본격적으로 나섰다. 박항구는 혼자가 아니었다. 대여섯 명이 뭉쳐져 마치 군대처럼 빠르고 조직적으로 움직였다. 박항구는 금족령을 당했던 만큼 무서운 기세로 친일파들을 징벌해 나가고 있었다. 학교 선생들이, 서너 명의 순사와 순사 보조, 대여섯 명의 면사무소 직원들이 대창에 찔리고 칼을 맞는 일이 거의 매일 밤 일어났다. 조금이라도 뒤가 쿠린 사람들은 박항구의 눈을 피해 천리 밖으로 줄행

랑치기에 바빴고, 온 읍내 사람들은 찍 소리 없이 박항구가 하는 양을 지켜보고 있었다. 일본에 붙어 득세했던 자들을 혼내주는 일은 자기네도 하고 싶은 속 시원한 일인데다가, 유랑극단보다 더 재미있고 실감나는 구경거리였던 것이다.

"어젯밤에도 두 명이 산 속에 숨어 있다가 잡혀 칼에 찔렸다던데."

"그래? 죽었어?"

"아니, 도망가는 걸 허벅지를 찔러서 목숨에는 지장이 없다데."

"누군지 알어?"

"모르겠어. 근데 계속 그렇게 사람을 상하게 해도 괜찮은 건가?"

"그건 또 무슨 소리야? 박항구 입장에서는 그 정도 하는 것도 크게 인심 쓰고 은혜 베푸는 거지. 산으로 도망가 숨은 것까지는 그럴 수 있다고 쳐. 그치만 박항구한테 들켰으면 도망가지 말고 착 무릎 꿇고 싹싹 빌어야 맞지. 근데 도망을 가? 내가 박항구라도 그 새끼 괘씸해서 팍 찔러버리겠다."

"무슨 말을 그리 독하게 해. 박항구가 억울하게 당한 건 아는데, 경찰도 뭣도 아닌 그가 그렇게 해도 괜찮은 건지, 어쩐지 잘 모르겠다 그거지."

"이런, 그런 소리 말어. 박항구가 어떻게 당했는지 몰라서 그런 소리 해? 아버지 어머니 돌아가시고, 그 시체조차 찾지 못했다구. 그리고 박항구는 학교를 못 다녀 신셀 망쳤어. 자네가 그렇게 당했으면 어쩌겠어? 왜놈들한테 붙어먹은 그놈들을 그냥 보고만 둘 거야? 만약 그렇다면 그건 병신이고 팔푼이지. 내가 박항구라도 가만 안 있어. 철저하게 복수를 하지. 그래도 박항구가 그런 놈들을 팍팍 죽여버리지 않고 그 정도로 하는 건 많이 참고 있어서 그런 거야. 만약 닥치는 대로 다 죽여버려도 지금 이 판에 누가 뭐라고 할 거야. 박항구 아버지는 우리 근동에서 난 유일한 독립 투사고, 그 피해를 고스란히 입은 박항구는 아무도 시비 붙을 수 없는 영웅이야. 사람들이 다 박항구 우러러보고 있으니까 자네 괜히 딴소리 하고 다니지 마. 지금 박항구 감정 상하게 해서 좋을 것 하나도 없으니까."

사람들은 끼리끼리 모여 이런 말들을 수군거리고는 했다.

세상이 자리 잡히면서 박항구는 이모부가 하는 철공장에

서 책임자로 일하고 있었다. 그 철공장은 이모부가 공짜로 얻다시피 일본 사람에게 사들인 것이었다.

"흠이라면 양친이 없는 것 하나다. 그것이 서로 외로운 처지에 의지하며 사는 데는 더 나을지도 모른다."

큰이모는 처음에 했던 말을 되풀이했다. 양친이 없는 게 흠이라면, 자식을 가진 것은 어찌 될 것인가. 외로운 처지에 의지고 뭐고 구구한 말 다 필요 없이 왜놈들에게 그런 앙갚음을 했다는 사실이 점례로선 더없이 통쾌하고, 참으로 오랜만에 가슴이 확 풀리는 시원함을 맛볼 수 있었다. 그리고 그 매섭던 눈초리가 무엇을 뜻하는 것인지 어렴풋이 알 것 같기도 했다.

밤에 점례는 야마다를 보았다. 처음 있는 일이었다. 자신도 야마다도 알몸이었다. 험상궂게 일그러진 얼굴의 야마다는 사생결단 목을 조르며 덤벼들었다. 숨이 막혀 허우적거리다가 뭔가 손에 잡히는 것이 있었다. 그걸로 야마다를 내리쳤다. 그런데, 방바닥에 나동그라진 야마다의 목에서는 시뻘건 피가 콸콸 쏟아졌다. 자신의 손에 들린 것은 낫본또였는데, 그 낫본또에서도 피가 거세게 흘러내렸다. 그 시뻘건 피는 방에 흥건히 고여 번져나갔다. 피에 발을 적시지 않으려고 이리 뛰고 저리 뛰었다. 그러나 피는 무슨 살아 있는 물건처럼 빨리 움직여 방금 자신이 서 있던 자리를 덮어버리고 또 쫓아오곤 했다. 더는 피할 데 없이 방 구석에 몰리게 되었다. 점례는 마구 소리를 질렀다. 그런데 몰려오던 피가 몇 바퀴 맴돌더니 반대 방향으로 휩쓸리기 시작했다. 고개를 들었다. 저기 문앞에 서 있는 남자, 불길이 뿜어져나오는 박항구의 눈으로 피는 거침없이 빨려 들어가고 있었던 것이다.

새벽녘에는 아들을 보았다. 아들은 허덕이며 자신의 젖가슴을 헤집고 들었다. 그러나 아들은 젖을 빨 수가 없었다. 커다란 손이 젖을 가리고 있었다. 도대체 누구의 것인지도 모를 커다란 손을 떼어내려고 몸부림을 했지만 손은 꼼짝도 하지 않았다. 꼬집고 비틀어도 소용이 없었다. 발악을 하며 울던 아들은 파랗게 까무러쳤다. 그러나 끝내 손은 떨어지지 않았다. 그게 누구의 손인지 보려고 고개를 젖혔지만 무슨 영문인지 손 임자의 얼굴은 보이지 않았다.

다음날부터 큰이모는 결혼식 준비를 서둘렀다. 이불을 짓는다, 베개를 만든다, 분주하게 돌아갔다. 신랑 바지저고리에서부터 점례의 버선이며 밥그릇 덮개를 만드는 데까지 세심한 신경을 쓰는 큰이모는 마냥 신명이 나는 모양이었다. 날이 갈수록 마음이 수수로워지기만 하면서도 점례는 큰이모의 그런 정성 앞에서 아무런 표도 내지 못했다. 그래서 따라 웃고, 밝은 표정도 지어 보이곤 했다.

한 달 남짓 남았던 결혼 날짜가 며칠 앞으로 다가들었다. 새살림을 차리는 데 필요한 것들도 모두 마련되어 한 방에 가득 쌓였다. 큰이모는 이것저것 손가락을 꼽아보다가 시룻밑이 빠졌다고 챙겨넣는가 하면, 참빗은 이가 잘 빠지니까 하나 더 있어야 되겠다며 보충을 시켜가며 끝마무리를 해나갔다.

그런 어느 날 밤에 큰이모는 점례를 불러 앉혔다.

"미리 알아둘 일이 있다. 네 신상 문젠데 말이다. 아버지는 징용에 나가 돌아가시고, 어머니는 병으로 죽은 것으로 해둬라. 그 뒤 3남매가 고모 집에서 살았는데 고모네 살림이 시집까지 보낼 형편이 못 돼 내가 맡은 것이라고 하면 된다. 박 서방도 그렇게 알고 있으니까. 그리고……."

고향도 5~6백 리 밖으로 바뀌었다. 큰이모는 아들에 대해서는 한마디도 하지 않았다. 그건 말할 필요조차 없는 문제로 취급해 버리는 눈치였다.

전날 밤 점례는 목욕을 했다. 목욕을 하다가 여태껏 생각해 보지 않은 새로운 걱정에 부딪혔다. 그것은 걱정이라기보다는 무서움이거나 두려움이었다. 사실 그 무서움과 두려움은 이미 오래전부터 마음속 깊이 도사리고 있었던 것이기도 했다. 그런데 이렇게 분명히, 자신의 몸뚱어리에 처녀가 아니라는 표식이 찍혀져 있음을 의식하는 순간 그 무서움과 두려움은 전신을 포박해 왔다. 아무리 물을 끼얹고 수건으로 문질러대도 그 흔적은 지워질 줄을 몰랐다. 그것은 때가 아니었다. 껍질을 벗기기 전에는 없어지지 않을 몸뚱이의 일부였다. 배꼽을 중심으로 상하 좌우로 흘러내리며 그어진 줄. 처녀는 가지고 싶어도 가질 수 없는 그 흔적은 얼핏 보아서는 표가 나지 않았다. 그러나 점례의 눈에는 운동회 날 운동장에 친 횟가루의 흰 줄로 보이다가, 숲이 울창한 산굽이로 돌아가는 신작로로 보이다가 하는 것이었다. 그리고 애가 1년 이상 빨아댄 새끼손가락 마디만 한 젖꼭지는 아무리 눌러도 다시 튀어나올 뿐이었다. 언제는 잘 나오지 않아 일하는 애까지 불러 빨아내게 했던 것인데, 이제 보니 거무튀튀한 색깔의 젖꼭지는 너무나 커 보였다. 튼 자국이 횟가루 흰 줄로, 신작로로 보이고, 젖꼭지가 무슨 혹처럼 크게 느껴질수록 그 매섭던 박항구의 눈초리가 두려워졌다.

 정신없이 치른 결혼식이었다. 어떻게 마루에서 마당으로 내려섰는지, 절은 어떻게 했는지 기억이 없었다. 사진을 찍을 때 많은 사람들이 제각기 떠들었지만 귀에 남은 말은 신부가 신랑보다 훨씬 낫다는 것과, 신부가 꼭 달빛 받은 박꽃처럼 예쁘다는 것뿐이었다. 사진을 어찌나 오래 찍는지 오줌이 마려워 애를 쓴 일이 뒤늦게 떠오른 기억의 하나이기도 했다.

 무슨 사진을 이리 오래 찍냐. 이러다가 밤 새겠다. 저 물건 저거 사진 찍는 기술이 영 모자라는 것 아냐? 기술? 응, 그럴지도 모르겠는데. 기술 다 배우기 전에 사진관 물려받은 것인지도 모르니까. 그래, 어쩌면 그랬기가 십상이야. 왜놈 기술자라는 것들은 무슨 기술이고 간에 우리 조선 사람들한테는 영 가르쳐주지 않았거든. 꼬스까이(심부름꾼 또는 조수)로 죽어라고 부려먹기만 했지. 맞어, 그게 쪽발이들의 인정사정없는 곤조통이었지. 기술 가르쳐주면 즈네놈들 밟고 올라설까 봐서. 도적놈들, 세세만년 상전노릇 하며 살겠다는 드런놈의 뱃속이었지 뭐. 근데 저 사람한테 왜놈 주인이 사진관 물려주며 했다는 말이 참말인가? 무슨 말? 아 거, 잘 간수하고 있거라. 20년 후에 다시 올 거다, 했다잖아. 응, 그 싸가지 없는 소리를 어디 사진관 주인놈만 했나. 술도가 놈도, 솥공장 놈도, 성냥공장 놈도 다 똑같이 그런 개소리를 씨부리고 떠났지. 근데, 그거 좀 이상하지 않아? 뭐가? 생각해 봐, 그놈들이 어떻게 그렇게 똑같이 그따위 소리를 한 것인지. 그거 혹시 위에서 그렇게 말해 준 게 아닐까? 위? 아, 군청이나 도청 같은 데서 말야. 응, 말 듣고 보니 그거 이상하네. 그럴 수도 있는 일이겠는데. 미친 새끼들, 잘못했다는 생각이 털끝만큼도 없는 놈들이야. 그 새끼들이 그런 생각 품은 줄 알았더라면 한 놈도 남기지 말고 다 없애버렸어야 하는 건데. 그러게 말야. 해방됐다고, 이제 살판났다고 정신없이 이삼일 동안 얼싸덜싸 하다 보니 왜놈들이 싹 달아나고 말았잖아. 우리가 모두 병신짓 한 거야. 맞어, 우리가 참 멍청하고 한심했어. 그것들을 싹 죽이지는 않더라도 몸을 다 뒤져 빈털털이를 만들어 보냈어야 하는데. 그래, 그래, 그 말 맞어. 금은방 놈이 은숟가락 몽뎅이 하나 남기지 않고 싹 쓸어간 것만이 아니라 부자놈들도 빈 금고만 남겨놓고 돈을 싹싹 긁어갔다지 않나. 그게 알고 보면 다 우리 조선 사람들 재산인데. 차암, 우린 왜 이 모양이지? 그게 우리가 꼭 생각이 모자라서 그리 된 것만은 아니야. 그 해방이라는 게 너무 느닷없이 닥쳐왔잖아. 아무런 낌새도 없다가 하룻밤 사이에 밀어닥쳤으니, 그게 바로 날벼락이지 뭔가. 아무 준비도 없이……, 어쩔 수 없는 일이었어. 그래, 그렇기도 해. 그래도 생각하면 너무 속상하고 아쉬워. 어쩌겠어, 앞으로나 잘 해야지. 아이고, 저 사진사 저거 아무리 봐도 시로도 같은데. 아이고, 나 이러다가 오줌보 터지겠다. 사진을 찍으려고 선 하객들 사이에서 오가는 말이었다. 그들은 일본 사람들을 욕하고, 식민지 시대를 치 떨려 하면서도 입에서는 예사로 일본말이 나오고 있었다. 식민지 세월은 부지불식간에 그들의 영혼 속에 그렇게 침투하고 스며들어 있었다. 점례는 다시 떠오르는 그 말들을 새 느낌으로 곱씹었다. 일본 사람들이 20년 있다가 다시 오겠다는 말은 오기고 몽니라고 하더라도, 그들이 금붙이며 돈을 다 가져갈 수 없도록 막지 못한 것은 큰 잘못이었다 싶었다. 그들은 도망가면서 조선 사람들의 내장까지 다 훑어간 것이나 마찬가지였던 것이다.

신방 구경을 하겠다고 문밖에서 소란을 피우는 사람들을 큰이모가 쫓고 호롱불을 끈 것은 자정이 가까워서였다.
"많이 고단할 텐데 그만 잡시다."
　박항구, 아니 남편이 처음 한 말이었다. 처음 듣는 그 목소리는 매서운 눈초리와는 달리 퍽 굵직하게 듬직하게 울림이 좋았다.
　박항구는 옷을 벗고 잠자리로 드는 눈치였다. 어둠이 가득 찬 방, 점례는 쿵쿵 울리는 심장의 고동 소리를 아프게 듣고 있었다. 그 고동 소리가 어둠을 밀치고 박항구에게까지 울려 그가 모든 것을 알아차릴 것만 같았다. 아니면, 그 매서운 눈초리가 지금 어둠을 꿰뚫어보고 있을지도 모른다는 두려움을 떼칠 수가 없었다.
"그만 잡시다."
　박항구는 하품까지 늘어지게 했다. 점례는 큰이모가 일러준 대로 옷을 갈아입고 어둠 속을 더듬어 기었다.
"자아, 여기요, 여기."
　박항구의 팔이 허리께에 걸쳐지는가 싶더니 억세게 끌어당겼다. 몸이 요 위에 눕혀지기가 무섭게 남자의 팔다리가 전신을 휘감았다.

넓은 들판을 마구 내달리는 한 마리 말이었다. 씩씩 코를 불며 뒷다리로 힘껏 땅을 박차고, 앞다리로 하늘을 휘잡는 말, 그게 박항구였다. 점례는 자꾸 굳어지려고 하는 몸을 의식하며 굳세게 내달리는 말의 발판이 되고 있었다.

점례는 돌아누워 있었다. 땀을 닦은 박항구는 시원하게 숨을 토해내고 나서 자리끼를 벌컥벌컥 들이켜고는 벌렁 누웠다. 그리고 등 뒤로부터 젖가슴을 덮쳐왔다. 순간 점례는 눈에서 불똥이 튀는 걸 느꼈다. 그리고 등골에 서릿발이 섰다.

"아유……."

손아귀에 가득 하나가 되고도 넘치는 젖을 받쳐잡은 박항구는 이런 신음 같은 소리를 토했다. 그리고 가슴이 점례의 등에 붙도록 끌어안았다.

"우린 잘살겠군. 이렇게 젖이 탐스럽게 크니……. 어머니가 입버릇처럼 말씀하셨지. 여자가 젖이 커야 집안이 잘 되고, 애를 키우는 데도 속을 안 썩인다구."

박항구는 굵은 목소리로 정다움이 넘치게 속삭였다. 그러면서 젖가슴을 조심스럽고 차근차근한 손길로 더듬어 쓸었다. 그런데……, 점례의 몸은 그 보드라운 손길을 따라 점점 오그라붙고 있었다. 손이 차츰차츰 젖꼭지 부분으로 가까워왔다.

"어……?"

점례는 숨을 들이켠 채로 굳어졌다.

"햐아, 이건 정말 기분 좋다. 이 젖꼭지가, 아주 제대로 돼 있잖아, 이 젖꼭지가."

반가움이 넘치는 음성의 박항구는 다시 젖가슴을 받쳐 으스러지게 안고 나서 젖꼭지를 매만졌다.

"백에 열 명쯤 이런 젖꼭지를 가진 처녀가 있는데, 그런 처녀를 구하는 건 천복이라고 어머니는 말씀하셨지. 젖을 미리 보고 데려올 수 없는 일이니까 천복이라고 할 수도 있었겠지. 어머니가 천복이니 뭐니 한 건 고모 때문이었어. 고모는 애를 낳고도 젖꼭지가 나오지 않아 별별 수를 다 쓰다가 젖몸살로 결국 죽고 말았지. 그때 내 나이 일곱 살인가 그랬는데, 매일 고모 젖꼭지를 빨아내느라 죽을 고생을 했었지. 혓바늘이 돋아 밥을 못 먹을 지경이었으니까. 그런데 내게 바로 이런 천복이 오지 않았느냐 말이야. 내 눈이 보통 눈은 아니거든. 모두 잘살게 될 징조야."

박항구는 또 숨이 막히도록 끌어안았다. 점례는 끌어안

긴 채 저 가슴 깊이로 긴 숨을 내쉬었다. 아니, 처녀 젖꼭지가 왜 이리 커! 이 말이 튀어나올 줄 알고 얼마나 조마조마하고 아슬아슬했던가. 그런데 정반대의 말이 나오다니. 그녀는 얼굴도 모르는 시어머니께 고마움을 드리고 있었다. 젖 큰 것을 그가 큰 복으로 여기게 해주고, 젖꼭지가 크게 내솟긴 것도 잘살게 될 징조라고 믿게 해준 분이 시어머니 아니신가.

 죄송합니다, 이런 몸으로 시집을 와서. 용서해 주십시오. 제가 품행이 방정하지 못해서가 아니었으니. 제가 지성으로 아드님을 받들고 섬기며 집안 크게 일으키겠습니다. 부모님 한 풀리시도록 자식들 잘 기르고, 제사 잘 모셔 올리면서 집안 풍성하게 이루겠습니다. 부디 보살펴주십시오, 보살펴주십시오, 보살펴주십시오.

 점례는 먼먼 저세상에 계신 시어머니를 향해 간절하게 기도를 올렸다. 몸이 조이던 두려움이 마음을 부려놓을 수 있는 안도감으로 바뀌며 저절로 이루어지는 기도였다. 부처님이나 산신령한테 빌 때도 이처럼 술술 풀려나오는 기도는 없었던 것이다.

 점례는 젖에 대한 걱정거리가 풀리면서 배의 흔적에 대

한 우려도 함께 풀리는 것을 느끼고 있었다. 호롱불마저 끈 어둠 속에서만 옷을 벗게 될 테니 그 흠은 자연스럽게 가려질 수 있었던 것이다. 그러다가 임신을 하고, 애를 낳게 되면 그 흠은 애기가 만들어놓은 어머니의 흔적으로 옷을 겹쳐 입게 될 거였다. 그에게는 한없이 미안한 일이었지만, 이렇게 모르고 넘어가고 있는 것이 약이 되도록 그에게 잘 하리라 마음 깊이 다짐했다.

얼마쯤 더 젖가슴을 어루만지던 박항구는 코를 골았다. 점례는 그 코 고는 소리를 등뒤로 들으며 베갯잇을 적셨다. 편안하고 깊은 잠에 빠져드는 박항구의 코 고는 소리는 웬일인지 모르게 자꾸 눈물이 흐르게 했다.

다음날로 큰이모네가 마련해 준 집으로 새살림을 났다.

남편은 별로 말이 없는 편이었다. 그러나 밤일을 치르고 나면 남편은 첫날밤에 했던 것처럼 정다운 속삭임을 낮고 그윽하게 들려주고는 했다.

남편은 점례더러 될 수 있는 대로 이모 집에 가지 말라고 일렀다. 내가 벌어 내가 먹는 것이 올바른 생활 태도라는 것이었다. 그런 남편이 더욱더 미더웠고 고마웠다.

남편은 담배는 피웠지만 술은 거의 입에 대지 않았다. 담배도 이틀에 한 갑을 피우는 정도였다. 일찍 직장에서 돌아온 남편은 늘 책을 읽으면서 시간을 보냈다. 점례는 그런 남편을 보며 큰이모의 말을 떠올리곤 했다. 사람 하나 똑똑하지, 머잖아 크게 될 사람이다.

세 달이 다 차가는 7월에 태기가 보였다. 태기를 느끼자 부쩍 아들이 보고 싶어졌다. 아들 생각이 나기 시작하면 출렁거리는 감정을 억누르기가 어려웠다. 모든 걸 다 팽개치고 아들에게로 내달리고 싶은 충동이 이는 것이었다. 엉뚱하게 토담의 돌 사이 몽근 흙을 찍어먹고 싶은가 하면, 갑작스럽게 얼음을 와삭와삭 깨물고 싶은 그런 뜻밖이고 얄궂은 태기 증세가 그리도 아들을 보고 싶게 하는지도 모를 일이었다. 그럴 때면 점례는 부리나케 일손을 부지런히 놀렸다. 채소밭에 호미질도 하다가, 헌 옷가지를 꿰매다가, 놋그릇을 닦다가 했다. 그 생각을 이길 수 있는 건 그 방법밖에 없었다.

임신 소식을 들은 남편은 아무 말 없이 그녀의 손을 잡으며 빙그레 웃었다. 그리고 그날부터 더 표나게 부지런해졌다. 부엌으로 밥상을 가지러 나오는가 하면, 숭늉을 떠다 먹겠다며 밥그릇을 들고 일어서기도 했다. 제발 그러지 말래도 싱긋이 웃으며 부득부득 말을 듣지 않았다. 점례는 쑥스럽고 미안쩍으면서도 그런 남편이 더없이 고맙고 미더웠다.

마루를 오르내릴 때 조심하라고 일렀다. 높은 데 있는 물건을 내리려고 뒤꿈치를 들어 발부리로만 서는 일이 없도록 하라고도 했다. 물동이를 이지 못하게 하려고 아침 일찍 일어나 물을 길어왔다. 동네 망신이니 그만두라고 질색을 했지만 소용이 없었다. 남편은 나이에 비해 믿기지 않을 정도로 자상했고, 아는 것도 많았다. 남편은 시어머니가 일깨워 줄 것까지 대신하는 셈이었다.

이모 집에 가지 말라는 말이 취소되었다. 의심나는 것이 있으면 자주 큰이모에게 묻고, 맛있는 것도 많이 얻어먹으라고 했다.

──나이 찬 여자가 답답함을 면하려면 천상 한 가지 방법밖에 없느니라. 시집을 가야지. 시집을 가면 잔근심 다 가시고 깨가 쏟아지는 법이니.

언뜻언뜻 떠오르는 큰이모의 말이었다.

배가 불러올수록 남편의 위함은 지극했다.

"이러다가 딸이나 낳게 되면 어떻게 하려고……."

너무 고마우면서도 미안한 나머지 점례가 어물거리는 말이었다.

"그게 무슨 상관이야. 딸도 엄연한 자식인데. 당신을 닮으면 좀 예쁠까."

남편은 진정 딸이어도 전혀 아쉬울 게 없다는 얼굴이었다.

기다릴 사이도 없이 감이 익었고, 벌써…… 하다 보니 아지랑이가 피어올랐다.

5월 초순에 몸을 풀었다. 안심이라도 했다는 듯 딸이었다. 점례는 미안했지만 남편은 서운한 기색이라고는 없이 그저 싱글벙글이었다.

딸의 이름을 세연이라 붙였다. 남편이 수십 개의 이름을 지어놓고 하나씩 지워가며 며칠을 끙끙대다가 골라낸 이름이었다.

남편은 무엇보다도 젖이 많은 것을 기뻐했다. 그리고 젖꼭지가 말썽을 부리지 않아 이틀째 되는 날부터 애가 맘대로 젖을 빨 수 있는 것을 큰 복으로 여겼다.

젖살이 포동포동하게 오르면서 애의 얼굴 윤곽이 분명해지기 시작하자 남편은 딸을 더 귀여워했다. 어떤 때는 눈을 가만히 들여다보고 앉았다가 중얼거렸다.

"참 곱기도 하다. 하얗다 못해 파랗구나. 그 눈이 진짜 사람의 눈이다. 죄짓지 않은 눈이야. 눈에 핏발이 서면서부터 인두겁을 쓰게 되는 거지. 네 눈에 이 시끄러운 시국(時局)이 부끄럽구나."

남편의 말은 잘 알아들을 수가 없었다. 애 눈을 바라보다가도 시국 이야기가 튀어나오는 것이었다.

얼마 전 서울에서, 일제 때 독립 운동을 했던 열렬한 애국자가 총에 맞아 죽었다는 소문이 퍼졌다. 그 소문은 흡사 거칠게 부는 바람 같았다. 아니, 그런 애국자가 총 맞아 죽다니 이게 대체 무슨 일이야. 그러게 말야. 왜 이리 세상이 뒤숭숭해. 해방이 되면 모든 게 잘될 줄 알았더니. 빌어먹을, 그런 애국자가 죽었으니 이제 이 나라 망했네. 그나저나 그게 어떤 놈들이 한 짓이랴? 총 가진 건 경찰하고 군인밖에 없잖은가? 또 있지. 누구? 아, 몰라서 그래? 경찰들하고 군인들한테 총 준 미군들이지 누구야. 그럼 미군들이 그랬을까? 어허, 말 조심해. 그런 소리 잘못 내뱉었다가 쥐도 새도 모르게 황천객 되고 싶어? 맞었어, 이놈에 주둥이 조심해야지. 지금이 일제 시대하고 뭐가 달라. 일본 헌병놈들이 미군으로 바뀐 것 뿐이니까. 허어, 그 양반이 대통령감이었는데, 이제 나라 꼴이 뭐가 될꼬. 시국이 왜 이리 시끌시끌하고 어질어질한지 정신을 못 차리겠어. 어서 좀 살기 좋아지면 좋겠구먼. 남자들은 말할 것도 없고 여자들까지 우물이나 골목 어귀에서 그 일에 대해 수군수군, 속닥속닥 입을 모았다.

점례도 그 조심스러운 열기에 휘감겨들고 있었다. 그 애국자를 알고 있었기 때문이다. 그 훌륭한 분을 그냥 소문에 따라 이름만 알고 있는 것이 아니었다. 직접 만난 일이 있었다. 중국에서 독립 투쟁을 하다 귀국한 그분은 전국 순회 강연을 다니고 있었다. 그때 그분은 백리 밖 ㅈ시에 왔었다. 그분이 온다는 소식에 읍내가 떠들썩하게 술렁거렸다. 서커스단이 들어왔을 때의 들뜸과는 비교도 되지 않았다. 남녀 가릴 것 없이 강연을 들으러 가겠다고 수선거렸다. 여자들이 그런 일로 백리 밖까지 가겠다고 설레발을 치는데도 다른 때와는 달리 남자들이 막고 나서지 않았다. 해방된 기분은 그렇게 세상에 싱싱한 살맛을 주고 있었다.

점례도 아이를 어머니에게 맡기고 ㅈ시에 가는 버스를 탔다. 어머니는, 여자가 무슨……, 하며 마땅찮아했다. 그러나 점례는 어머니 말을 들은 척도 하지 않았다. 아버지를 그렇게 잃고, 자신이 당하고 한 억울함과 서러움이 그분의 강연을 들어야만 풀릴 것 같았던 것이다. 평생을 외국에서 고생고생하며 독립 투쟁을 했다는 그분의 말을 들으면 무언가 위로를 받을 수 있지 않을까 싶었던 것이다.

'인산인해(人山人海)'라는 말이 무슨 뜻인지 점례는 그때 알았다. ㅈ시의 동서남북 사방에서 사람들이 어찌나 많이 모여들었는지 그야말로 사람의 산이고, 사람의 바다였다. 점례는 고무신이 몇 번씩 벗겨지면서도 한사코 앞으로, 앞으로 나아가려고 발버둥쳤다. 그러나 중간 정도밖에 갈 수가 없었다. 앞으로 나아갈수록 사람들이 빽빽해서 비집고 들어갈 틈이 없었고, 그분의 강연이 시작되었기 때문이다.

점례는 눈을 부릅뜨고 또 부릅떴다. 그러나 그분의 얼굴은 조그맣고 흐려 윤곽만 보일 뿐이었다. 그 얼굴 중에서 뚜렷하게 보이는 것이 한 가지 있었다. 동그란 테의 안경이었다.

"……왜놈들 밑에서 고통 당하고 있을 때도 여러분 한 사람, 한 사람은 조선이었습니다. 여러분 한 분, 한 분은 조선의 주인이었고, 또한 독립 투사였습니다. 독립 투사란

외국에서 독립 운동을 한 이 늙은이 같은 사람들만 독립 투사가 아닙니다. 왜놈들의 잔인무도한 핍박을 직접 받으면서 피해 입고, 손해 보고, 억울한 일 당한 여러분들도 독립 투사인 것입니다. 음으로 양으로 왜놈들에게 빌붙어 사리사욕을 채우며 일신의 영달만을 꾀한 친일파 무리들을 뺀 여러분 모두는 나라를 되찾는 데 똑같이 공을 세운 혁혁한 독립 투사라는 사실을 잊지 마십시요. 이제 우리 앞에는 우리가 학수고대했던 해방이 와 있습니다. 그러나 여러분, 해방이 되었다고 해서 우리가 바라는 모든 것이 이루어진 것이 아닙니다. 해방은 새로운 시작일 뿐입니다. 우리에게는 새 나라를 새롭게, 강건하게 세워야 할 책임이 주어져 있습니다. 왜정 시대에 여러분 한 사람, 한 사람이 조선이었듯이 이제 여러분 한 분, 한 분은 새로 세울 새 나라이고, 새 나라의 주인입니다. 그러니 새 나라를 바로 세우고, 강하게 세우려면 바로 주인인 여러분들이 정신 똑바로 차려야 합니다. 여러분, 요새 유행하고 있는 이런 노래 잘 아시지요. 미국놈 믿지 말고, 소련놈에 속지 말고, 일본놈 일어난다, 조선 사람 조심하세. 이 노래가 무슨 뜻입니까. 우리는 해방이 되었지만, 지금 3·8이남은 미군에게,

3·8이북은 소련군에게 점령 당해 있습니다. 우리가 정신 차리지 못하고, 자칫 잘못하면 38도선을 경계로 하여 남과 북이 갈라질 위험에 처해 있습니다. 이것은 땅덩어리가 반토막 나는 것만이 아닙니다. 바로 우리 민족이 반토막이 나는 것입니다. 반만 년을 함께 살아온 우리 민족이 반토막이 나서 갈라진다는 것은 나라를 빼앗긴 왜정 시대에도 없었던 일입니다. 민족이 반토막 나는 것, 우리에게 이것보다 더 큰 비극은 없습니다. 왜정 시대보다도 못한 그 민족의 비극, 민족의 참극을 막기 위해서 이 나라의 주인, 이 땅의 주인인 여러분은 하나로 뭉쳐 정신을 차려야 한다는 것입니다. 여러분은 어떻게 생각하십니까!"

옳소! 옳소! 옳소! 하는 환호성이 열렬한 박수소리와 함께 뜨거운 물결을 일으키고 있었다.

점례도 복받치는 울음과 함께 맘껏 옳소를 외치고, 손바닥이 얼얼하다 못해 시뻘겋게 핏빛이 돌도록 박수를 쳐댔다. 내가 조선이고……, 내가 독립 투사라니……. 아버지가 당한 억울한 죽음과, 자신이 당한 그 쓰라림에 대해 그보다 더 큰 보상과 위안은 없었던 것이다.

그분이, 바로 그분이 총 맞아 죽은 것이었다. 점례는 가

숨이 무너지는 슬픔과 함께 일제 시대가 다시 오는 것 같은 캄캄한 절망을 느꼈다.

그날 밤 남편은 늦게 돌아왔다. 어찌나 술이 취했는지 사람을 알아보지도 못했고, 제대로 걷지도 못했다. 집을 찾아온 것이 신기할 지경이었다. 그런데 남편은 무슨 소린지 알아들을 수 없는 소리를 쉴 새 없이 중얼거리고 있었다. 팔을 뿌리치며 마루에 걸터앉아 있던 남편은 웩웩 토하기 시작했다. 그러고는 무언가를 노려보는 흡뜬 눈으로 소리를 질러대기 시작했다.

"악질 늙은이, 개 같은 늙은이, 지까짓 게 뭔데 죽이고그래. 두고 보자, 어디 두고 보자. 틀림없이 갚아줄 테니까."

처음 보는 남편이었다. 술이 이다지 취한 것도, 상스러운 소리를 지르는 것도 처음이었다. 낮에 들은 소문이 남편을 술 마시게 했고, 그 독립 투사를 누가 죽였는지 남편은 대충 짐작하고 있는 모양이었다. 그리고 남편을 그리도 속상하고 슬프게 하는 건 그분의 억울한 죽음이 자기 아버지를 생각하게 하기 때문인 것 같았다. 점례는 그런 남편의 심정을 충분히 이해할 수 있었다. 남편의 낙망과 괴로움은 자신보다 열 배는 더 클 것이기 때문이었다. 남편을 위로

하고 싶었지만 무슨 말을 어떻게 해야 할지 한마디도 떠오르지 않았다.

또 점례는 그분을 죽인 것이 누구인지 알고 싶었다. 자신에게 그리도 큰 위안과 사는 의미를 일깨워준 그분을 죽인 자, 그자가 누구인지 꼭 알아야 될 것 같았다. 남편이 짐작하고 있는 사람이 누군지 묻고 싶었다. 그러나 술이 깬 남편을 대하자 입을 열 수가 없었다. 남편은 여전히 어렵게 느껴졌고, 당신이 뭐하러 그런 걸 알려고 하느냐고 물으면 뭐라고 해야 할 것인지 겁부터 났다. 뭐라고 둘러댈 말이 적당하지 않았고, 그렇다고 그분의 강연을 들으러 갔던 속내를 털어놓을 수도 없는 일이었다.

그런데 그 다음날부터 새로운 소문이 퍼지고 있었다. 그분을 누가 죽였을 것이다 하는 것이었다. 그 짐작은 입에서 입으로 건너다니며 시끌덤벙한 입씨름과 말싸움을 빚어내고 있었다. 그 지목당한 사람을 좋아하는 사람들이 '니가 보았느냐' '왜 생사람 잡느냐' '증거를 대라' 하며 무서운 기세로 대들었던 것이다.

점례는 아무것도 종잡을 수 없이 혼란스러울 뿐이었다. 그 혼란스러움만큼 그분의 억울하고 허망한 죽음이 애석

하고 안타까워 가슴에는 메워질 수 없는 구멍이 뻥하니 뚫려 있었다. 그리고 그분을 죽인 것은 소문에 떠도는 그 사람일 거라고 못을 쳤다.

그후로 남편은 웃는 일 없이 침울해졌고, 자주 술을 마시고는 시국 타령을 하고는 했다. 점례로선 흘러가는 소리를 들을 뿐이지만 시국이 시끄럽긴 시끄러운 모양이었다.

세연이는 무병하게 컸다. 커갈수록 남편에게 미안하리만큼 자신을 닮아갔다.

남편은 늘 무슨 딴 생각에 빠져 있는 것 같으면서도 생활에는 충실했다. 매일 공장엘 나갔다가 일찍 돌아와서는 책을 들여다보곤 했다.

해가 바뀌어 봄이 오면서 새 나라를 세울 국민의 대표를 뽑는다는 투표라는 것도 했다. 점례에겐 그것처럼 싱거운 짓도 없었다. 종이 쪽지에 붓뚜껑으로 동그라미 하나를 찍기 위해 그리도 모두 소란을 피우고 야단법석을 했을까 싶었다. 어떤 때 남자들이 하는 일이란 애들 소꿉장난만도 못한 일이 있는 것 같았다. 그러고 보면 역시 남편이 남자다 싶었다. 모두 몇 날 며칠씩 들떠서 법석을 피우고, 공짜 술에 취해 다니고 하는데 남편은 그런 바람에 휩쓸리지 않았던 것이다. 오히려 평소보다 더 말이 없이 그런 세상을 물끄러미 바라보고는 했다. 점례는 그런 점잖은 남편이 너무 실하고 뿌듯했다.

그런데 점례가 깜짝 놀랄 사건이 벌어졌다. 남의 땅을 마구 빼앗아 소작인들에게 넘겨주는 일이었다. 농지 개혁이라 불렸다.

큰이모네는 그야말로 하루아침에 재산을 거의 다 잃어버리게 되었다. 큰이모의 몸부림은 옆에서 보기가 딱할 지경이었다. 그러나 나라 법이니 이모부로서도 어찌는 도리가 없는 모양이었다. 그저 매일 사랑에서 술만 들이켰다.

이모부가 어찌지 못하는 일을 남편이라고 무슨 수가 있을 리 없었다. 그러나 그런 딱한 처지에 처했을 때 빈말이라도 한마디 안 하는 남편이 점례로선 섭섭했다.

어느 날 저녁상을 물리고 난 점례는 그 일을 입에 올렸다.
"이모네가 저리 됐으니 어쩌면 좋지요?"
남편은 천장을 바라보며 담배만 피웠다. 점례는 그만 무색해졌다. 남편의 속마음이 어떤지 알 수가 없었던 것이다.
"당신은 걱정 안 해도 돼. 아직도 너무 부자니까."
한참 만에 남편이 퉁명스럽게 한 말이었다.

"네에……?"

남편은 흡사 뱃속이 시원하다는 말투였다.

"이 정도 가지고는 아직 멀었어."

남편은 담배를 잉끄려 껐다.

"왜 자꾸 그렇게 말을 해요?"

"왜, 내가 미친놈처럼 보이나? 내 말이 미친 소리로 들려?"

점례는 고개를 돌렸다. 정색을 한 남편의 얼굴, 거기서 쏟아지는 매서운 눈초리를 그대로 받아낼 수가 없었다.

"당신네 이모가 아니라고 쳐놓고 냉정히 생각해 봐. 어떻게 해서 부자가 됐는가 말이야. 가난한 사람들을 못살게 굴고 마구 부려서 된 부자야. 뼛골 빠지게 죽어라고 일을 해서 주인에게 바치고 나면 소작인들은 뭐가 남았지? 자식들은 늘어나지, 소작은 조금이라도 더 얻어야지, 그럴수록 주인은 소작료를 올려대면서 날로 부자가 되고 소작인은 뼈만 남고……. 이게 사람 사는 세상이야? 다 같은 사람이 한쪽은 주인으로 배가 터지고 다른 쪽은 종으로 굶어 죽을 지경이 되고, 이건 사람 사는 세상이 아니라 지옥이야, 지옥. 무슨 말인지 알아듣겠어? 더 긴 얘기 할 것 없으니까 그만 해두지."

 굳이 남편이 말하지 않아도 지주와 소작인이라는 그 불공평한 관계는 이미 알고 있는 것이었고, 남편의 말은 백번 옳았다. 그러나……, 점례로선 큰이모네가 그렇게 된 것에 대해 남편처럼 냉정해질 수는 없었다. 남편은 남자이면서 남남이었던 것이다.

 딸 세연이의 돌잔치는 남편의 생각에 따라 간소하게 차렸다. 몇몇 가까운 사람을 불러 저녁상을 차리는 것으로 넘겼다.

 큰이모를 통해 아들의 소식을 가끔 들었다. 언제나 아무 탈 없이 잘 크고 있다는 것이었다. 그 소식은 마음을 안심시키기는 했지만 마음 한 구석에 서려 있는 냉기를 깨끗하게 몰아내지는 못했다.

 공장에서 남편의 자리가 높아졌다. 이모네의 철공장은 썩 잘되어가는 모양이었다. 남편은 이렇다 할 말을 하지 않았지만 많은 땅을 잃어버리고 실의에 빠졌던 이모 내외가 옛날의 건강을 되찾게 된 것은 철공장이 잘되어가는 덕인 것 같았다.

 남편은 날로 바빠져 갔다. 늦게 돌아오는 날이 잦아졌다.

어떤 때는 서넛씩을 집으로 데려와 밤이 늦도록 이야기를 하다가 헤어지기도 했다. 그럴 때면 간단한 술상을 차리기도 했지만, 남자들의 일이라 점례는 별 관심이 없었다. 그게 여자로서의 바른 태도이기도 했던 것이다.

딸 세연이의 돌이 지나 5개월쯤 되어 두 번째의 태기가 보였다.

남편은 첫애 때와 마찬가지로 반가워했다. 그리고 그때 했던 것처럼 여러 가지 조심할 것들을 일일이 다시 일러주었다. 딸애는 제 아빠에게 업혀 자주 나들이를 나가기도 했다.

남편의 변함없는 정성과 따뜻한 눈길을 받으며 이번에는 꼭 아들 낳기를 소원했다.

크지는 않았지만 가지가지 꽃이 핀 모둠꽃밭 같은 생활이었다.

다음해 7월 출산을 했다. 그런데 이번에도 딸이었다. 점례는 야속한 생각뿐이었다.

"어떡 하면 좋아요."

점례는 남편을 대하자 눈물부터 앞섰다.

"거 무슨 소리야, 이번엔 나를 좀 많이 닮았으면 좋겠구면. 울긴 왜 울어. 고생했어, 참 고생 많이 했어. 고마워."

남편은 두 손을 모아 그 안에 자신의 손을 힘껏 감싸잡았다.

산후 회복을 한 점례는 시장에 나가 옷 한 벌을 샀다. 지나가는 그 나이 또래의 사내아이를 붙들어세워 몇 번씩 대어보고 눈겨냥을 해보고 했다. 그러면서 점례의 눈앞은 자꾸만 흐려지고 있었다. 아들의 옷이었다. 이번으로 세 번째. 그때마다 옷의 크기는 달라졌다. 생일에 입힐 수 있도록 해야 했다. 옷을 사서 점례는 바삐 우체국으로 발길을 옮겼다.

겨울이 되면서 남편은 친구들을 집에 데려오는 횟수가 부쩍 잦아졌다. 그렇다고 점례 자신이 별반 신경 쓸 일은 없었다. 대개 저녁들을 먹은 다음이었고, 술상을 차리는 것도 가끔 있는 일이었다. 특히 점례가 그들을 점잖게 여기고 있는 것은 대부분의 남자들이 셋 이상 모이면 술타령이나 노름을 하게 마련인데, 그들은 그렇지가 않았다. 모여 앉아 무슨 얘기인가를 진지하게 주고받았다.

딸 세연이의 세 번째 생일이 지나고 한 달. 한 움큼 쥐어짜면 초록빛 물감이 뚝뚝 떨어질 것만 같은 녹음과 함께 더

위가 시작되는 6월 하순 무렵이었다. 온 읍내가 삽시간에 왁자한 소란스러움과 허둥지둥하는 기운으로 뒤덮였다. 난리가 났다는 것이었다. 이북에서 쳐내려온다고 했다.

그런데 점례는 소문이 아닌 진짜 난리를 당하고 있었다. 남편이 사흘째 소식이 없었던 것이다. 공장으로 가보았다. 큰이모네로, 가까운 친구네로 뛰었지만 허사였다. 소식을 아는 사람은 아무도 없었다.

점례는 매일 밤을 앉아서 새웠다. 벽에 기댄 채 잠이 들었다가 조그만 소리에도 화들짝 눈을 뜨곤 했다. 하루하루 난리 소식은 급박하게 밀어닥치고 있었다. 피난을 서두르는 사람들이 늘어갔다. 점례는 두 어린것들을 안고 우왕좌왕 하면서 속이 파삭파삭 타들어갔다. 하루에도 몇 번씩을 큰이모네로, 다시 집으로 종종걸음을 쳤다.

그거 귀신이 곡을 할 노릇 아니냐. 그 찬찬한 박 서방이 이게 어찌 된 일이라니 그래. 큰이모도 답답해 하기는 마찬가지였다. 별일이다, 참 별일이다. 넌 뭐가 좀 짚이는 게 없니? 모르겠어요. 아무리 생각해도 어찌 된 일인지 모르겠어요. 부부 사이에 땅띔도 못하겠다면 열 발, 스무 발 떨어진 우리야 더 캄캄 절벽이지 뭐. 정신 나간 사람이 집 나가 종무소식인 것은 가끔 봤어도 정신 멀쩡한 사람이, 아니지 남달리 똑똑한 사람이 이러는 경우는 난생 처음이다. 참 귀신이 곡할 노릇이야. 큰이모는 어두운 얼굴로 고개를 저었다. 그 얼굴은 무슨 변을 당한 것이라는 기색이 완연했다. 점례는 그 얼굴이 무서워, 별일 없겠지요, 하는 말도 하지 못하고 발길을 돌려야 했다.

인민군을 앞세우고 남편이 나타난 것은 집을 나간 지 열여드레잰가 그랬다.

큰이모나 이모부 그리고 많은 주변 사람들과 함께 점례는 너무 놀라 무슨 말을 할 수가 없었다.

인민군의 기세는 남쪽으로 뻗쳐 내려갔고, 남편은 인민위원회 부위원장이 되었다. 점례는 남편이 아닌 부위원장 박항구를 반가움 대신 두려움 속에서 맞아들여야 했다. 점례가 더욱 놀란 것은 그전에 집에 자주 왔던 낯익은 얼굴들이 모두 빨간 완장을 찬 인민위원회 간부들이었던 것이다.

그러면……, 머리를 치고 지나가는 생각이 있었다. 그러나 너무나 늦은 깨달음이었다. 밤늦게까지 모여 앉아 무엇을 했던가를 이제 겨우 알게 된 것이었다.

사람들이 잡혀갔다. 점례는 갑자기 변한 세상이 무서울 뿐이었다.

이모부도 잡혀갔다. 다른 사람들과는 달리 다음날로 곧 풀려나왔다. 그것이 남편의 덕이었지만, 재산은 모두 몰수당했다고 했다.

"피는 못 속여. 애비의 피를 그대로 받은 거지. 허나 애비야 조국 광복을 위해 싸우다가 떳떳이 죽었지만 저놈은 반대로 나라를 망치는 선봉장이 되어 저꼴로 날뛰니, 그 피는 그 핀데 잘못 풀린 거지. 뭐 노동자, 농민의 해방? 너나없이 고루 잘사는 지상천국을 건설하는 공산주의? 가당찮다, 녀석."

이모부는 마른 입술에 침을 발라가며 이런 말로 분을 터뜨렸다.

그럼……, 점례는 또 아뜩한 현기증에 몸을 움츠렸다. 고루고루 잘살아? 그럼 남편은 그때 이미 딴생각을 품고 있었던 것인가. 그 정색을 한 얼굴과 매섭던 눈초리……, 농지 개혁을 당한 큰이모네가 아직도 부자라며 속시원해 하던 말투. 점례는 얼굴을 감싸고 말았다. 자신은 남편을 너무 몰랐을 뿐만 아니라 세상도 너무 모르고 살았다는 것을 깨달았다.

　남편은 자신더러 여성동맹에 나와 일을 하라고 했다. 점례는 남편에게 통사정을 했다. 아직 돌도 안 된 애를 두고 어떻게 그런 힘든 일을 하겠느냐고. 당신이 하는 일이 훌륭한 일인 줄 잘 아는데, 일을 마음 놓고 하려면 집에서 애들을 잘 키워야 할 게 아니냐고. 애들이라도 아파 집안에 우환이 생기면 오히려 당신이 하는 일에 방해가 되지 않겠느냐고. 그리고, 나처럼 배운 것 많지 않은 것이 무엇을 하겠느냐고. 그러니 한 사람이라도 더 다른 사람을 모아들이는 게 좋지 않겠느냐며 점례는 몸을 사렸다.

　남편은 순순히 그 말을 받아들였다.

　점례는 잡혀간 사람들의 가족을 대하기가 괴로웠다. 남편의 말로는 그 사람들이 인민을 못살게 군 반동들이라고 했다. 그 말은 틀리지 않았지만, 자신은 마음이 편할 수가 없었다. 자신은 아무래도 남편의 생각을 따라갈 수 없게 세상을 보는 눈이 밝지 못했던 것이다. 한 가지 위안이 있다면, 그동안 없이 산 많은 사람들이 남편네가 하는 일을 편들고 좋아한다는 사실이었다.

　세상이 달라진 것만큼이나 큰이모네의 집안에도 변화가

생겼다. 이모네 식구들은 보기에 민망할 정도로 모두가 기죽어 있었고, 집안에는 찬바람이 돌았다. 이모부나 큰이모는 내놓고 불평을 하지는 못했지만 남편에게 큰 원망을 품고 있는 것이 분명했다. 점례는 남편과 이모네 사이에서 어떻게 해야 좋을지 몰라 하루하루가 고역이었다. 남편네가 하는 일들을 보면 남편네가 옳은 것 같았고, 이모네를 생각하면 이모네가 또 딱하기 그지없었던 것이다. 점례는 그 틈바구니에 끼어 이러지도 저러지도 못해 옹색할 뿐이었다. 그 곤혹스럽고 곤궁한 입장에서 벗어나는 길은 이모네에 발걸음을 하지 않는 것뿐이었다. 그러나 이모네를 외면하자 마음은 더 괴로워졌다. 자신의 그런 고통스러움을 아는지 모르는지 남편의 태도는 완강하고 철저했다.

"이모부나 이모는 날 배은망덕한 놈이라고 생각하고 있을 거야. 하지만 그분들이 가난한 사람들 괴롭히며 한평생 호의호식하고 살아온 걸 생각하면 그나마 살아 있다는 걸 고마워해야지. 나는 그동안 철공장에서 일한 대가로 먹고 살았지 그냥 아무 일도 안 하고 놀면서 월급이나 받아먹는 못된 짓은 하지 않았어. 그러니까 이모네한테 은혜를 입은 일은 하나도 없는 거지. 그런데도 이모부나 이모는 그렇게 생각하지 않을 거야. 그게 다 남 부리며 편코 배부르게 먹고 살아온 사람들이 가지고 있는 뻔뻔스러운 생각이지. 그런 생각 하루빨리 고쳐먹지 않으면 그분들은 결국 새 세상에서 살아갈 가망이 없는 사람들인 거지."

남편의 범접하기 어려운 말에 점례는 아무런 대꾸도 할 수가 없었다. 모두가 고루 잘살게 되는 세상을 만든다는 것은 옳았고, 그러니 한마디도 토를 달 말이 없었던 것이다. 그러나 하루아침에 재산을 다 빼앗겨버린 이모네의 처지도 딱하지 않을 수 없었다. 속마음이야 남편네가 하는 일에 기울어져 있어서 이모네를 만나는 걸 더욱 피하게 되었다. 다만 놀라운 것은 이모네 같은 사람들도 꼼짝을 못하게 만들어버릴 수 있는 세상도 있다는 것이 신기하고 믿기 어려웠다.

점례는 세상 돌아가는 것에 차츰 관심을 쓰기 시작했다. 세상의 변화가 너무 희한하기도 했고, 새 세상에서 남편이 잘되기를 바라는 마음이 은근히 동하기도 했던 것이다.

점례는 급박하게 달라지고 있는 세상을 정신 모아 똑똑히 보려고 애썼다. 남편이 말하는 공평한 세상이 어떻게 만들어져 가는지 알고 싶은 게 한두 가지가 아니었던 것이다. 남편에게 자세하게 묻고, 듣고 싶어도 남편은 날마다 일에 쫓기며 집에 들어오지 않는 날이 많았다. 이웃의 여자들도 바뀌는 세상에 대해서 의문과 호기심이 많은 만큼 알고 싶은 것도 많은 모양이었다.

 저어, 세연이 엄마는 세연이 아빠가 그리 출세할지 미리 알고 있었어요? 우물가에서 한 여자가 목소리 낮추어 물었다. 아니요. 전혀 몰랐어요. 점례는 고개까지 세게 저었다. 그거 이상하네. 살 섞고 사는 부부끼린데. 다른 여자가 말을 받았다. 그러게, 부부 사이에 못할 소리가 뭐가 있고, 모를 일이 뭐가 있다고. 또 다른 여자가 장단을 맞추었다. 아니에요. 정말 그런 눈치는 전혀 못 챘어요. 우리 큰이모도 그걸 의심하는데, 내 가슴을 반으로 쪼개 보여드릴 수도 없고, 내가 미칠 지경이라구요. 점례는 주먹으로 가슴팍을 치는 듯한 손짓을 하며 세찬 어조로 말했다. 그래, 그럴 수도 있는 일이야. 아무리 살을 섞고 살아도 감추기로 마음먹은 얘기는 천년만년 모르게 되어 있는 법이니까. 그래서 사람 마음 첩첩산중이라 하지 않았어. 하긴 그래, 20리 밖에 첩살림을 차리고 애들을 셋씩이나 낳으며 15년 넘게 살아도 까맣게 모르고 사는 게 부부 사이이기도 하니까.

그랬을 거야. 공산당 하는 사람들은 모두가 경찰 눈을 피해 쉬쉬 해가며 했으니까. 그래, 그 사상이라는 게 눈에 보이기를 해, 손에 잡히기를 해. 머릿속에만 딱 들어 있는 것이니 감추기로 들자면 그보다 더 쉬운 일도 없지. 그나저나 이 세상은 어찌 변해 가는 거야? 떠도는 말대로 우리같이 가난한 사람들이 한 세상 보게 해주기는 해주려는 건가? 그러게 말야. 말대로만 해준다면 그보다 더 고마운 일이 어딨겠어. 근데 믿어도 좋은 건지 어쩐지 알 수가 있어야지. 글쎄, 나라에서 한다는 일, 그거 진 빠지게 하잖아. 지난번 토지 개혁 좀 봐. 잔뜩 바람만 넣어놓고, 헛김 빠지게 한 거. 난 그때 너무 기막히게 속아서 이젠 아무도 믿지 않아. 그래도 이번엔 좀 다르지 않을까? 윗사람들이 확 바뀌어버린 것인데. 몰라, 예로부터 나라 다스린다는 사람들은 아래 백성들 속 제대로 아는 일이 없었으니까. 그래도 이번엔 다르지 않을까? 북쪽에서도 농토를 고루고루 나누어주었다고 하잖아. 그래, 그렇게만 되면 얼마나 좋겠어. 우리야 누가 나라 차지하든 간에 우리 같은 것을 배불리 편케 살게 해주는 사람이면 최고니까.

민청원들이나 여맹원들이 동네로 돌아다니며 선무 공작

이라는 것을 했다. 강연도 하고, 노래도 가르치고, 연극도 했다. 그러나 그 강연이라는 것이 어찌나 어려운 말을 많이 쓰는지 잘 알아들을 수가 없었다. 그리고, 강연을 듣고 오히려 큰 의문만 갖게 되었다. 처음 전쟁이 터졌을 때는 경찰이나 관공서원들이 북쪽에서 쳐내려와 전쟁이 벌어진 것이라고 했는데, 이제는 반대로 남쪽에서 쳐올라가 전쟁을 시작했기 때문에 이북에서 막아내다 보니 큰 전쟁이 벌어졌다는 것이었다. 그 정반대의 말이 어느 쪽이 옳은 것인지 알 수 없는 채로 머리만 혼란스러워졌다.

석 달째가 저물어가는 어느 날 밤이었다. 남편이 불쑥 나타났다. 며칠 만에 들어온 남편이었다.

"나 냉수 좀 줘, 냉수."

들어서자마자 물부터 찾았다. 단숨에 물 한 대접을 마셔 댔다.

몹시 다급해 보이는 것이 무엇에 쫓기는 사람 같았다.

"저 방에 있는 서류 뭉치들 끌어내."

"……?"

"어서 마당으로 끌어내라니까."

점례는 남편을 따라 몸놀림을 서둘러댔다.

서류를 마루로 다 내다 놓고 보니 남편은 마당 가운데다 짚을 서너 단 포개놓고 팔을 허리에 꺾어올린 채 얼굴을 하늘로 쳐들고 있었다.

"빨리 이 위에 갖다 올려."

점례는 또 시키는 대로 했다. 남편은 짚더미에 성냥을 그어댔다. 곧 불길이 춤을 추기 시작했다.

"들어가지."

남편은 앞서 걸음을 옮겼다.

"무슨 일이 있어요?"

남편을 뒤따라 앉으며 점례는 물었다. 물을 필요가 없는 말이었지만 묻지 않을 수가 없었다.

"망할 자식들……." 남편은 담배에 불을 붙이고는, "꼭 다시 돌아오고 말 테니까." 뿌드드득 이빨을 갈아댔다.

"어디로 가시는데요?"

"걱정 말어, 잠시야."

"이 애들은 그럼……."

"곧 다시 돌아온다니까."

남편의 낮은 목소리에는 냉기가 서려 있었다.

"대체 어떻게 되는 일예요?"

"개새끼들……."

남편은 연기를 내뿜고는 또 이빨을 갈았다.

"누구든지 뭘 물으면 모른다고만 해."

"가지 마세요. 이 애들은……."

"그러니까 곧 온대잖아."

"그래도 혹시……."

"잔소리 말어!"

남편은 버럭 화를 냈다. 그러나 점례는 그대로 물러설 수가 없었다.

"잘못은 빌면 되잖아요."

"닥쳐! 그따위 미친 소리를 누구 앞에서 함부로 지껄여."

남편은 담배를 재떨이에 확 비비며 눈을 부라렸다. 그렇게 무서운 남편은 처음이었다. 점례는 그만 고개를 떨구었다.

남편은 벌떡 일어섰다. 방문을 열었다가 다시 닫았다. 그리고 자는 두 아이를 물끄러미 내려다보다가 돌아섰다.

"그동안 애들 잘 키우고……."

남편은 방을 나섰다. 점례는 남편의 눈이 젖어 있는 것을 보았고, 목소리가 메어 있는 것을 알았다.

"오늘 밤으로 이모 집으로 옮기도록 해. 옮긴 걸 당분간 아무도 모르는 게 좋아."

남편은 구두 끈을 매며 말했다.

"저게 다 타면 재는 변소에 쓸어넣어 버려."

마당을 건너지르다 말고 불붙고 있는 서류들을 멍하니 바라보며 말했다.

"꼭 돌아올 테니까 그동안 애들 잘 키워."

다시 다짐하듯 말하고 남편은 어둠 속으로 총총히 사라져갔다.

"여보……."

점례는 주저앉고 말았다. 대문을 붙든 손이 주르르 미끄러져내렸다. 자는 두 아이를 업고 안고 이모 집 대문을 두드린 건 밤이 깊어서였다. 이모부는 노골적으로 꺼리는 눈치를 했다.

"흥, 꼴좋게 됐구나. 그따위로 하늘 높은 줄 모르고 떵떵거리던 놈도 달아날 때는 별수 없구나. 제 처자식 버리고 도망갈 꼬락서니에 뭐 인민 해방을 해? 덜떨어진 자식 같으니라구. 그래, 제 놈 좋을 때는 부위원장이고, 도망치면서는 처자식을 나한테 떠맡겨? 인민위원회 부위원장 처자식 숨겨뒀다가 큰 복 받게 생겼구나. 암, 큰 복 받고말고."

큰이모는 한숨만 쉬며 아무 말이 없었다.

"참 세상에 모를 게 사람 속이니라. 박 서방이 그런 사람인 줄 누가 알았겠니. 똑똑한 사람 하나 버렸지. 참 네 팔자도 기구하고 험하구나. 원, 얼굴값을 하느라고 그러는지 묏자리를 잘못 써서 그러는지 알다가도 모를 일이다."

이모부가 사랑으로 건너가자 큰이모가 한 탄식이었다.

날이 밝기 전에 점례는 애들을 데리고 다락으로 올라갔다.

이틀 후에 국군이 ㅈ시를 점령했다는 소식을 점례는 다락 속에서 들었다.

드러나는 흠

"이거 야단났구나. 인민위원회에서 일하던 사람들은 말할 것도 없고 그 가족들까지 전부 잡아들인다는구나."

큰이모의 겁먹은 목소리였다.

"……."

점례는 애에게 젖을 물렸다.

"이 일을 어째야 좋을꼬. 못된 사람, 앞뒤 없이 어쩌자고 글쎄……."

"……."

점례는 전혀 할말이 없었다. 미안하다거나 죄송하다고

해서 될 말이 아니었다. 마음으로는 분명 미안하고 죄송했다. 그러나 그것이 말로 되어 나오면 말이 안 되는 야릇한 처지에 처해 있는 자신을 발견했다.

"머잖아 이리 밀어닥칠 텐데 이 일을 글쎄……."

"……."

점례는 이모의 겁을 덜어줄 수 있는 그 어떤 말이고 하려고 했다. 그런데 그 말을 못하게 하는 목소리가 있었다.

──오늘 밤으로 이모 집으로 옮기도록 해. 옮긴 걸 당분간 아무도 모르는 게 좋아.

"집안이 망하려니까 참 우습게 망하는구나. 아휴 속 터져."

점례는 큰이모를 향해 정색을 했다.

"잡으러 오기 전에 제 발로 걸어나가겠어요."

"뭐? 그게 무슨 소리냐?"

"내겐 아무 죄도 없어요. 난 아무것도 모르잖아요."

"아니, 잘잘못이 무슨 소용이고, 죄가 있고 없고가 말이 될 줄 아니? 지금은 난리 통이란 말이다, 난리 통."

큰이모는 꺼져내리는 한숨을 쉬며 입술을 깨물었다.

"설마 죽이기야 할라구요."

점례는 믿었다. 아무 죄도 없는 자기를, 아무것도 모르는 자기를 죽일 리는 없다는 생각이었다. 그리고 이모네에 피해가 가지 않게 하는 방법은 그것밖에 없었다.

"속 편한 소리만 하는구나. 아, 설마 박 서방이 그렇게 사람을 죽이리라고 생각이나 했었니?"

"……."

그래서 나도 죽고 만다는 것인가. 남편의 죄가 나의 죄가 된다는 것인가. 점례는 남편이 사람을 얼마나 죽였는지, 처음 듣는 말에 발 밑이 무너져 내리는 절망감을 느꼈다.

"나도 모르겠다. 늘그막에 팔자가 기구헐레니깐 원……."

큰이모는 치마끝으로 바람을 일으키며 일어섰다.

점례는 허허벌판에 내다 버려진 기분이었다. 여태껏 느껴보지 못했던 외로움이었다. 혼자뿐이라는 생각에 이처럼 절박하게 몰린 때는 없었다. 혼자가 아니라고, 애들이 있지 않느냐고 생각을 고쳐먹으려 했다. 그러나 어린것들을 의식하자 오히려 혼자라는 생각은 더 심하게 전신을 휘감아왔다. 주재소의 조그만 방에 갇혀 강호식에게 대답을 강요당할 때도 이렇지는 않았다. 그때는 비록 고통을 당하는 비명이었을망정 분명 아버지, 어머니가 곁에 있었다. 돌아가신 아버지를 보내야 하는 눈 내리는 장지에서도 이렇게 막막하지는 않았다. 큰이모마저······, 그래서 생긴 외로움만은 아니었다. 남편이 없는 것이다. 남편이 없어지자 사방은 텅 비어버린 것이다. 자상한 남편이었다. 말수가 적으면서도 무뚝뚝하지 않았다. 어지간한 잘못은 덮어버렸고, 속을 상하게 하는 일이 없었다. 빨리 흘러간 3년이었다. 공산주의라는 것이 무엇이길래 그런 남편을 자신의 곁에서 데려갈 수 있는 것일까. 공산주의 혁명이라는 것이 얼마나 중하기에 남편은 자신과 애들을 남겨둔 채 거기에 끌려가고 말았을까. 남편은 너무나 크고 단단한 바람벽이었다. 야마다보다 더 큰 권세를 가진 듯싶었던 인민위원회 부위원장이 아니라 두 번째의 딸을 낳았을 때도 그저 벙글거리며 자신의 손을 힘껏 잡아주던 그 남편이 이제 곁에 없다는 사실은 도무지 믿어지지 않았다.

해질 무렵이었다. 밖에서 소란한 소리가 들렸다. 점례는 애를 꼭 끌어안으며 귀를 모았다.

"누굴 바지저고리로 아시나?"

남자의 드센 목소리였다.

"천만에 말씀입니다요. 정말이에요."

두 손을 모아잡고 굽실거리는 모습이 눈에 보이는 듯싶

은 큰이모의 음성이었다.

"다 알고 왔단 말이오."

"아니에요, 정말이라니까요."

"정 이러시겠소? 수색을 벌여 나오면 은닉죄로 아주머니도 체포하겠소!"

"아니, 아니……."

점례는 애를 안고 벌떡 일어섰다. 이모의 "아니, 아니……" 하는 겁에 질린 다급한 목소리를 점례는 "빨리 나와라, 빨리, 빨리……"로 듣고 있었다.

"샅샅이 뒤져!"

점례가 다락에서 내려서는데 울린 소리였다.

점례는 숨을 몰아쉬며 방문을 힘껏 밀었다. 총을 들고 마루로 뛰어오르는 서너 명의 군인과 맞부딪쳤다. 군인들이 주춤 물러서며 총을 겨누었다.

"나예요, 인민위원회……."

점례는 더 이상 말을 잇지 못하고 눈을 감아버렸다.

"점예야, 점예야……."

큰이모는 허겁지겁 마루로 기어오르다가 제지를 당했다. 딸 세연이가 마구 울기 시작했다.

드러나는 홈 187

"애는 떼놔!"

권총을 찬 군인이 소리쳤다.

"아직 젖이 안 떨어졌어요."

핏기 없이 하얀 얼굴의 점례는 또렷한 목소리로 말했다. 그러고 나서 아기를 업었다.

"큰이모, 세연이를……."

군인들에게 둘러싸여 점례는 돌아섰다.

"엄마야아……, 엄마야아."

발버둥치며 우는 세연이의 숨이 넘어가고 있었다.

점례는 총끝으로 등을 떠밀리며 걸음을 빨리 했다. 딸의 울음 소리는 언제까지고 따라왔다.

세 평 남짓한 방에는 사람들이 빼곡히 들어차 있었다. 모두 여자들이었다. 점례는 그 여자들을 멍하니 바라보고 서 있었다. 이 많은 사람들이 다 자신과 같은 죄를 짓고 잡혀온 것일까 생각하니 다소 안심이 되기도 하고, 더 겁이 나는 것 같기도 하고 마음을 종잡을 수가 없었다.

"서 있지 말고 이리 앉아요. 아니, 이게 누구야?"

눈이 마주친 여자. 점례는 기억이 없었다.

"일루 앉아요, 어서."

여자는 점례의 팔을 잡아끌었다. 점례는 애를 추슬러 앞으로 돌려 안고 주저앉았다.

"부위원장 동무는 어떻게 됐어요?"

여자가 속삭이듯 물은 말이었다. 점례는 흠칫 당황했다. 그러면서 주위의 눈초리들이 자신에게 쏠리는 것을 느꼈다.

"……."

누구든지 뭘 물으면 모른다고만 해. 남편의 말이었다. 점례는 고개를 숙여버렸다.

"이봐요, 부위원장 동문 어떻게 됐냐니까요."

"……."

점례는 고개만 저었다.

"모른단 말이우?"

점례는 칭얼거리는 딸을 얼렀다.

"걱정이 돼서 그래요. 어떻게 됐어요?"

여자가 여전히 낮게 속삭였다. 점례는 더 이상 입을 닫고만 있을 수가 없었다. 그 여자의 물음이 너무 지성스럽고 간곡했던 것이다.

"어디로 떠나신다고 했어요."

점례는 간신히 그러나 주저하며 입을 뗐다.

"어디로요?"

여자가 바싹 다가앉았다.

"그건 모르겠어요. 말 안 했어요."

점례는 고개를 저었다.

"아이고 야속해라. 우리도 데려갔어야지."

다른 여자가 낮은 탄식을 토해냈다.

"글쎄 말이야. 우린 이꼴이 되고 말았잖아. 우린 이제 어떡하문 좋아그래."

또 다른 여자가 목소리도 얼굴도 울상이 되었다.

"형편이 너무 다급해서 어쩔 도리가 없었을 거요."

처음의 여자가 한숨 섞어 말했다.

"아무리 급해도 그렇지요, 우리를 두고 가면 요런 꼴 당할 줄 알았을 거 아녜요."

세 번째 여자가 더 울상이 되고 있었다.

"그러게 말야. 동지야 좋을 때만 동지가 아니잖아."

두 번째 여자의 목소리가 약간 커졌다.

"쓸데없는 불평들 그만 해요. 부위원장 동지든 다른 간부들이든 우릴 일부러 버리고 도망간 건 아니잖아요. 형편이 얼마나 어려웠으면 그랬겠어요. 우린 이제 와서 누굴 원망할 게 아니라 앞으로 어떻게 살아날 것인가를 생각해야 해요. 누굴 원망한다고 철창문이 열리는 게 아니니까 무슨 수를 쓰든 살아날 궁리들이나 해요. 그것이 바로 우리한테 맡겨진 투쟁이란 걸 잊지 말아요. 간부들은 꼭 다시 돌아올 테니까."

첫 번째 여자의 낮으면서도 야무진 말이었다. 그 말에 두 여자는 그만 입을 닫고 말았다.

점례는 그 여자들에게 죄지은 마음으로 고개를 떨구었다.

점례는 낙담이 자꾸 깊어져 가고 있었다. 한쪽은 철책으로, 나머지는 창문 없는 벽으로 둘러쳐진 이 비좁은 방을 벗어날 수 없는 것처럼 자꾸 깊어지는 절망감에서 헤어날 수가 없었다. 그 절망의 막다른 골목에는 죽음이 있었다. 죽는다는 것, 그것이 그렇게 두렵지는 않았다. 몇 년 전에 야마다의 닛본또를 배에 대고 엎어져 죽어버릴 수 있었던 목숨이었다. 다만 산다는 것이 너무 팍팍하고도 허망했다. 남편이 했던 일은 무엇이며, 지금 자신이 이렇게 갇혀 있는 것은 또 무엇일까 싶었다. 남편이 공산주의에 미쳤다면 이 사람들은 그 반대일 테니까 무엇에 미친 것일까. 서로 잡아가고 잡혀가고, 죽이고 죽는 짓들을 왜 하는 것일까. 왜놈들하고 싸우는 것이라면 또 모른다. 뻔히 아는 한 땅 사람들끼리 이게 무엇을 하는 짓들일까. 이래서 어쩌자는 것일까…….

그때 선명하게 들려오는 목소리가 있었다. …… 지금 우리 앞에 놓여 있는 길은 단 하나, 같은 민족으로서, 같은 핏줄로서 일치단결, 하나로 똘똘 뭉쳐 새롭게 닥쳐온 외세를 물리쳐야 하는 것입니다. 지금 공산주의다, 자유주의다 하여 남과 북이 서로 자기 주장만 내세우며 분열하게 되면 우리에게 닥쳐올 것은 전쟁, 같은 민족끼리 죽이고 죽어야 하는 동족상잔의 참극이 있을 뿐입니다. 여러분, 두 열차가 마주 보고 달리면 어떻게 되겠습니다. 정면 충돌하여 모든 승객들이 순식간에 몰사하게 됩니다. 지금 남과 북이 한 치의 양보도 없이 자기들 주장만 내세우며 맞서고 있는 것은 두 열차가 마주 보고 달리는 형국과 똑같습니다. 우리는 눈 똑바로 뜨고 일치단결하여 그 어리석은 짓을 막아내야 합니다. 저는 이미 70을 넘었습니다. 그래서 정권을 잡고 싶은 욕심도, 대통령이 되고 싶은 야욕도 없습니다. 욕심이 있다면 오로지 하나, 남과 북이 서로 원수가 되어 같은 민족끼리 죽고 죽이게 될 참혹한 전쟁을 막는 것입니다. 여러분, 남과 북이 지금 이대로 치달아간다면 머잖아 전쟁은 반드시 일어나게 되어 있습니다. 남북의 지도자들이 끝내 어리석음을 깨우치지 못하고 동족상잔의 비극을 일으키게 된다면 그들은 기나긴 민족사 위에서 영원한 민족의 죄인으로 두고두고 심판받게 될 것이라는 사실을 명심해야 할 것입니다.

그 독립 투사의 이런 연설을 들었을 때 섬뜩했었다. 그러나 설마……, 했었다. 설마 한 것은 자신만이 아니었다. 사람들은 거의 다 설마……, 설마……, 했었다. 그분의 말을 안 믿어서가 아니었다. 같은 민족끼리 원수같이 되어 서로 죽고 죽이게 될 전쟁이 무서웠다. 그래서 미리 피하듯 그 말을 안 들은 것으로 하고 싶었고, 귀에 담고 싶어 하지 않았던 것이다. 그런데 그분의 말은 용한 점쟁이의 말처럼 적중하고 말았다. 그분은 어떻게 그리도 정확하게 앞날을 꿰뚫어볼 수 있었을까. 그런데 왜 남과 북의 다른 지도자란 사람들은 그분의 말을 듣지 않았을까. 그들은 전쟁이 날 줄 몰랐던 것일까. 알면서도 딴 욕심 때문에 그분의 말을 무시해버렸던 것일까…….

이제 그분은 이 세상에 없다. 그런데도 점례는 그분에게 자신의 앞날을 물어보고 싶은 심정이었다.

아침에 주먹밥을 받았다. 밥맛이 있을 리 없었다. 그러나 점례는 그 보리가 태반인 밥을 풀이 되도록 씹고 또 씹어 먹었다. 애를 위해서였다.

다른 사람들과 마찬가지로 점례도 취조실로 끌려갔다.

취조실은 교실 반만 한 큰방이었는데 문을 들어서면 맞은편에 네 사람이 네 개의 책상에 나란히 앉아 있었다. 그 맞은편, 방 중앙에 나무 의자 하나가 덩그러니 놓여 있었다.

"빨리 앉아!"

어물거릴 여유가 없었다. 점례의 마음은 이미 죄인이었다. 그래서 기가 푹 꺾인 채로 행동거지를 눈치 빠르게 했다.

"박항구가 남편인가?"

"네에."

점례는 대답을 빨리하며, 저 사람의 성질을 거슬려서는 안 된다는 생각뿐이었다.

"박항구, 지금 어디 숨어 있나?"

"모릅니다."

"뭘 몰라! 순순히 안 대면 어떻게 되는지 알지?"

군인은 갑자기 소리를 꽥 질렀다. 그 바람에 놀라 애가 울음을 터뜨렸다.

"빨리 달래시오. 그리고 솔직하게 말해요. 애가 어리니까 빨리 풀어주고 싶소."

그 옆의 군인이 타이르듯 말했다. 그러나 그 목소리도 냉기가 흐르기는 마찬가지였다. 양쪽 끝에 앉은 두 군인은 뭔가를 열심히 적고 있었다. 얼러도 딸애는 울음을 그치지 않았다. 점례는 어쩔 수 없이 몸을 약간 틀어 젖을 물렸다.

"어디에 숨었어?"

"그건 정말 모릅니다."

"잔소리 말어!"

또 애가 깜짝 놀라더니 젖꼭지를 뱉으며 울었다. 점례는 다시 젖꼭지를 틀어넣다시피 했다. 그리고 애가 고개를 못 놀리도록 꼭 끌어안아서 얼렀다.

"밤에 잠깐 들렀다가 가버렸어요. 전 정말 아무것도 모릅니다."

"뭐? 그때가 언제야."

"나흘 전예요."

"나흘 전? 그럼……, 요런 쥐새끼 같은 놈."

"어디로 간다고 했었나?"

두 번째 군인이 물었다.

"그런 말 없었어요. 아무 말도 안 했어요."

"시끄러! 그따위 수작에 넘어갈 줄 알아? 어디로 간댔는지 불어!"

점례는 재빨리 애 귀를 막으며 더 꼭 끌어안았다.

"그날 밤 지령을 받았지? 접선되고 있는 게 분명하단 말야. 빨리 대."

지령? 접선? 모를 말이었다.

"무슨 말인지 잘 모르겠어요."

"뭐라고? 부위원장 여편네가 지령을 모르고 접선을 몰라? 어디서 그따위 거짓말을 해!"

첫 번째 군인이 굵은 막대기로 책상을 내리쳤다. 아무리 애를 끌어안았지만 애는 소스라치게 놀랐다.

"모릅니다, 정말 모릅니다."

발악적으로 우는 아이를 어르는 점례의 볼에는 눈물이 줄줄 흘러내리고 있었다.

"왜 그럼 그자가 집엔 들렀냔 말야. 그리고 왜 당신은 숨었어. 수행할 비밀 지령이 있으니까 숨은 거 아닌가 말야.

맡은 공작 임무가 뭐야? 정 못 대겠어!"

첫 번째 군인이 벌떡 일어섰다. 점례는 숨이 막혔다. 비밀 지령? 공작 임무?

"쉬운 말로, 좀 쉬운 말로 해주세요."

"닥쳐! 정 맛을 봐야 불겠어?"

일어선 군인은 또 책상을 내리쳤다. 애가 자지러지게 울어댔다.

"앉게, 앉아서 천천히 물어."

두 번째 군인이 앉으라고 손짓했다.

"똑똑히 들어. 우린 다 안다. 솔직하게 말하면 무사히 풀려나지만 거짓말을 하면 용서가 없다. 다시 물을 테니까 똑바로 대답해."

두 번째 군인이 차근차근 말했다.

"그날 밤 남편은 뭘 했나."

서류 뭉치를 태웠다는 말을 해야 하나. 점례는 잠시 망설였다.

"애들을 보고 갔습니다."

"또오?"

두 번째 군인은 입가에 엷은 웃음을 띤 채 빤히 처다보고 있었다. 냉기가 흐르는 낮은 음성과 입가의 웃음과 날카로운 눈초리가 점례의 숨통을 조여왔다. 점례는 무슨 말이든지 해야 한다는 두려움에 쫓기고 있었다.

"기다리라고 했습니다."

"어떻게 하겠다고?"

"곧 돌아오겠다고요."

"돌아오리라고 믿나?"

"……"

점례는 고개를 떨어뜨렸다. 남편의 얼굴이 확 떠올랐다. 세연이를 어르며 웃던 얼굴이었다.

"고개 들어. 남편이 돌아오면 어떻게 하겠나. 우리에게 알려주겠나?"

남편은, 이 사람들은, 나를…….

"대답해!"

점례는 흑 울음을 터뜨렸다.

"어서 대답해."

여전히 냉기가 흐르는 낮은 목소리는 겨울바람처럼 점례의 전신을 휘감아들었다. 차라리 첫 번째 군인처럼 빽빽 소리를 지르는 것이 더 나을 것 같았다.

"어서 대답하라니까."

"아마, 아마 못 올 거예요."

목이 메어 침을 삼켜가며 점례는 간신히 말했다.

"대답을 피하지 말어. 알릴 거야, 안 알릴 거야."

"……"

점례는 다시 고개를 떨어뜨렸다.

"안 알리겠단 말이지?"

"……"

"고개 들어!"

넓은 방이 쩌렁 울렸다. 점례는 얼결에 고개를 들었다. 두 번째 군인은 무섭게 노려보고 있었다.

"빨갱이는 어떻게 되는지 알지? 더 이상 묻지 않는다. 일어서!"

다시 낮아진 목소리는 끈적끈적했다.

"난 아무것도 모릅니다. 정말예요. 저어……, 애아빨 죽이지 않겠다고 약속해 주세요. 그럼 알려드릴게요. 아빠가 죽으면 애들이 어떻게 됩니까. 약속하면 꼭 알려드릴게요. 오자마자 곧바로 알려드릴게요."

점례는 그들의 책상 앞에 무릎을 꿇었다.

드러나는 홈 199

"다음 차례."

두 군인에게 팔을 붙들려 문 쪽으로 걸음을 옮기는 점례의 어지러운 눈앞에는 아들과 세연이의 얼굴이 부위원장 제복을 입은 남편의 얼굴에 겹쳐지고 있었다.

문을 밀려나온 점례는 기다리고 있던 다른 군인에게 넘겨졌다.

"어찌 영 쑥맥인데?"

두 번째 군인이 고개를 갸우뚱했다.

"다 위장술입니다. 하나같이 철저하니까요."

첫 번째 군인이 대꾸했다.

"글쎄……, 하여튼 더 조사는 해야지. 이거 봐, 다음부턴 그 애나 떼놓고 데려오도록."

두 번째 군인의 말에 양쪽 끝에 앉은 두 군인이 동시에 대답을 했다.

유치장으로 돌아온 점례는 쓰러지듯 했다. 불볕 아래서 진종일 밭일을 했을 때처럼 전신은 늘어처졌다. 점례는 언제까지나 멍한 눈길을 맞은편 벽에 박고 있었다.

밤중이 되어서야 비로소 지령이니 접선이니 공작 임무 같은 말이 무슨 뜻인지 알게 된 점례는 몸을 바싹 움츠렸다. 결국 자신은 남편과 똑같은 일을 한 것으로 의심을 받고 있는 것이었다. 너무 당연한 의심인지도 모를 일이었다.

 그들의 의심을 풀어주어야 풀려날 수 있을 것이었다. 그러나 그들은 자신의 참말을 전혀 믿어주지 않았다. 참말을 무작정 거짓말로 생각하는 사람들에게 어떻게 참말이라고 믿게 할 것인지……, 점례는 난생 처음으로 앞이 두꺼운 벽으로 가로막힌 것 같은 답답함과 막막함에 부딪쳤다. 그들에게 남편과 똑같은 일을 한 것으로 점찍히게 되면 어찌 될 것인가……. 점례는 그만 기가 질려 애를 더 꼭 끌어안으며 떨었다.

 유치장이 처음처럼 비좁지 않았다. 유치장이 넓어진 것이 아니었다. 조사 받으러 나갔다가 절반 가까이가 돌아오지 않은 것이었다. 남편 소식을 물었던 세 여자도 보이지 않았다. 그들이 어떻게 된 것인지 옆사람들에게 물어보고 싶었다. 점례는 몇 번을 망설였지만 입을 열 수가 없었다. 너무 무서웠다. 자신이 입을 열면 상대방의 입에서 자신이 생각하고 있는 그 무서운 대답이 나올 것만 같았던 것이다. 죽었을 거요……, 총살당했을 거요……, 이런 말을 듣기는 너무 무시무시했고, 고통스러웠다.

점례는 살고 싶었다. 세 아이 때문에 살아서 나가고 싶었다. 살고 싶다는 생각을 그처럼 절절하게 한 것은 처음이었다. 세 아이의 엄마로서 타는 마음이었다.

다음날도 두 차례 심문을 받았다. 전날과 거의 비슷한 물음이었고, 점례의 대답도 마찬가지였다. 달라진 것이 있다면 취조관들의 언성이 더 높아졌고, 점례는 많이 울었다. 자신의 말을 믿어주지 않는 답답함 때문에 눈물은 계속 흘렀다.

주먹밥은 끼니를 거르지 않고 나왔지만 점례는 반도 제대로 먹지 못했다. 애를 위해 다 먹으려고 끼니마다 애를 썼지만 구역질이 목을 막고는 했다. 그때 더 먹으려 했다가는 애써 삼킨 것까지 토하게 될 것 같았다. 그렇게 먹은 밥이 소화가 될 리 없었다. 젖이 부쩍 줄어들었다. 애는 양쪽 젖꼭지를 번갈아 가며 빨다가 울었고, 다시 가슴을 헤집고 들며 보챘다.

사흘째 되는 날 오후에 점례는 다른 여자들과 함께 트럭에 실렸다. 너나없이 파리해진 얼굴, 퀭한 눈들을 제각기 불안하게 굴리고 있었다. 차가 움직이기 시작하자 두셋씩 짝을 지어 수군거렸다. 부대가 이동하는 것이다. 죄가 중

한 사람만 골라 딴 곳으로 옮기는 것이다. 그런 겁에 들뜬 말들이 점례의 귀에는 들어오지 않았다. 딸애가 새벽에 설사를 했다. 두어 시간 걸러 한차례씩 묽은 물만 쏟았다. 네댓 차례 그러더니만 이제 울지도 못했다. 병든 병아리처럼 자꾸만 눈을 내려감는 것이었다. 입술은 메말라 있었다. 잘 나지도 않는 젖이었지만 그것마저 빨려고 하지 않았다. 몸이 불덩이였다. 점례는 설사 똥물이 배어 악취가 풍기는 치마만을 걸쳤을 뿐 알몸이었다. 속곳은 이미 설사를 받아내느라고 찢어서 기저귀로 썼던 것이다. 이것이 이러다가……, 벌써 한 귀퉁이를 찢어서 기저귀로 쓰기 시작한 홑포대기로 열에 들뜬 딸애의 몸을 감싸안고 차에 흔들리는 점례는 어디로 가는지, 어떻게 될 것인지 신경 쓸 여유가 없었다.

차에서 내렸을 때는 밤이었다. 곧 그전과 비슷한 방에 갇혔다.

사람들은 거의 앉자마자 쓰러져 잠이 들었다. 점례는 징징 울고 있었다. 딸애가 또 한차례 설사를 했다. 사타구니는 벌겋게 짓물렀다. 숨만 할딱거릴 뿐 이제 제대로 울지도 못했다. 젖꼭지를 물렸지만 뱉어내지도 못했다. 젖꼭지를 타고 들어오는 뜨거운 기운이 차츰차츰 전신으로 퍼지는 것을 느끼며 점례는 복받치는 울음을 씹고 또 씹었다.

뜬눈으로 밤을 지새웠다. 딸애는 목에 가래까지 끓이며 숨을 할딱거렸다. 눈을 꼭 감은 채였다. 나올 것도 없는지 밤사이에는 설사도 하지 않았다.

점례는 아침 일찍 불려나갔다.

세 사람이 앉아 있었다. 못 보던 얼굴들이었다. 그중 한 사람은 말로만 듣던 코가 크고 눈이 움푹 들어간 노란 곱슬머리의 서양 사람이었다.

"박항구 아낸가?"

이런 말로 시작된 심문은 그전과 거의 같았다. 그 군인은 물을 때마다 무슨 서류를 뒤적거렸다.

"당신은 그때 당시 무슨 일을 맡아 했소?"

"그냥…… 집에 있었습니다."

"자, 시간이 없으니 믿을 수 있는 말만 하시오. 무슨 일을 했었소?"

"정말…… 애들만 키웠습니다."

점례는 이제 산다는 것이 귀찮았다. 서로가 못할 일이었다.

"말이 되나. 어린 딸이 그렇게 맹활약을 했는데 어른이 아무 일도 하지 않았다면 믿어지겠나?"

점례는 소스라쳤다. 그걸 어떻게 알았을까! 큰딸 세연이가 네 살 나이에 어울리지 않게 노래를 야무지게 잘해 여러 마을로 돌며 노래했던 것을 가리키는 것이었다. 그 사실을 알았다면……!

"그 일을 아셨다면 제가 어떻게 살았는지도……."

"바로 그거야. 앞에 나서지 않고 뒤에서 수행한 임무. 그것이 뭐냐고 묻는 거 아니냔 말야!"

"……."

아……, 점례는 또 할말을 잃어버렸다. 집에 있었던 것까지는 알고 있다는 것이다. 그 다음, 인민위원회 부위원장의 아내로서 무슨 일을 비밀리에 했느냐고 다잡고 있는 것이었다.

"남편을 도와 뒤에서 한 일이 뭐야!"

언성이 높아졌다. 점례는 흡사 바보처럼 고개만 저었다.

"그전에 남편이 불온 사상을 가진 것을 알았지?"

점례는 고개를 저었다.

"밤이면 가까운 사람들이 모이곤 했잖느냔 말야!"

점례는 가슴이 섬뜩했다. 고개를 끄덕였다. 며칠 전에는 묻지 않던 말들이었다.

"당신이 결백했다면 왜 그때 경찰에 알리지 않았지?"

점례는 고개를 저었다. 시야가 흐려지기 시작했다.

"잔소리 말어. 그것도 말이라고 해? 무슨 일을 모의하는지 눈치 채지 못했다니, 당신, 바보야!"

점례는 울고 있었다. 그러면서 고개를 저었다.

"그럼, 난리가 나자 20여 일 이상 집을 비웠을 때는 왜 또 경찰에 알리지 않았지?"

점례는 울면서 고개를 저었다.

"당신 바보야, 천지야!"

조사관이 주먹으로 책상을 마구 내리쳤다. 점례는 흠칫 놀랐다. 그리고 애를 추슬렀다. 설사를 한 것이다.

"끝까지 거짓말을 하겠어? 똑바로 대지 않으면 정말······."

점례에게는 아무 소리도 들리지 않았다. 이러다가 애를 죽이고 말 거라는 공포 뿐이었다. 서둘러 포대기를 헤쳤다.

"애가 아프오?"

점례는 고개를 번쩍 들었다. 그리고 눈물을 뚝뚝 떨구며 크게 크게 고개를 끄덕였다.

네 개의 눈동자가 자신을 지키고 있음을 점례는 흐린 시야를 통해서 의식했다. 손등으로 눈물을 닦아냈다. 그 네 개의 눈동자, 두 개는 검고, 두 개는 푸른 눈동자 중에서 특히 푸른 눈동자가 자신을 똑바로 응시하고 있음을 느낀 점례는 고개를 떨구었다.

 여태껏 의자에 몸을 부린 채 담배만 빨고 있던 서양 군인은 이제 반대로 몸을 책상 쪽으로 바싹 붙이고 있었다. 서양 군인은 심문을 하던 군인에게 뭐라고 말을 건넸다. 그러자 그 군인이 점례에게 물었다.

"어떻게 아파요?"
"열이 나고 설사를 심하게 합니다."
점례의 목소리는 어느 때 없이 또렷했다.
"며칠이나 됐지요?"
"사흘째예요."
점례는 하루를 더해 대답하는 자신을 의식하고 있었다. 파란 눈의 군인은 깜짝 놀라는 표정이었다.
"이 사람이 애를 좀 보자고 하는데, 어떻습니까?"
점례는 또 크게 고개를 끄덕였다. 그러자 파란 눈의 군인은 심문하던 군인의 말을 듣지도 않고 일어서서 점례 쪽으로 뚜벅뚜벅 걸어왔다.

서양 군인은 딸애의 이마에 손을 대보고 볼을 만져보며 뭐라고 중얼거렸다. 그러더니 이내 돌아서서 심문하던 군인에게 큰소리로 무슨 말인가를 하기 시작했다.

"이 사람이 부대 병원에서 애를 치료해 주겠답니다. 맡기겠어요?"

다가온 취조관의 말이었다. 잘못 들었나 싶어 점례는 그 말을 되씹었다. 그리고 고개를 더 크게 끄덕였다.

"애를 맡기시오."

점례는 여태껏 뭔가를 적고 있던 군인에게 애를 넘겼다.

파란 눈의 군인이 점례의 눈을 빤히 들여다보듯 하며 말을 했다. 그 얼굴은 웃고 있었다. 그 말을 전혀 알아들을 수 없는 점례는 그 웃음에 안도하고 있었다.

"아무 걱정하지 말랩니다."

취조관이 말해 주었다.

"고맙습니다, 고맙습니다."

점례는 방을 나서기까지 취조관과 파란 눈의 군인에게 있는 대로 허리를 굽혀 몇 번이고 절을 했다.

점례가 자신이나 애에게서 나는 냄새로 파란 눈의 군인

을 언짢게 해주었을지도 모른다는 미안한 생각과 함께 수치심을 느낀 것은 감방에 돌아와서였다.

딸애가 살아날 수 있게 되었다는 기대 앞에서 며칠 동안 겪은 고통은 하찮은 것으로 잊혀져 버렸다. 점례는 눕자마자 깊은 잠속으로 빠져 들어갔다.

다음날 오전이 다 가도록 취조실에서는 아무 소식이 없었다. 점례는 그것이 오히려 불안했다.

점례가 취조실로 불려간 것은 오후 늦어서였다. 사람들은 어제 그대로였다.

"당신은 며칠간 계속된 수차의 심문을 통해 공산주의를 알지 못하며, 그 활동을 한 일도 없고, 도주한 남편에게서 받은 그 어떤 지령도 없을 뿐만 아니라 남편의 행방을 전혀 모른다고 했는데, 이 모두가 틀림없는 사실임을 하늘에 맹세할 수 있는가?"

취조관의 엄한 물음이었다.

"네!"

점례의 대답은 또렷했다.

"이상의 사실 중 단 한 가지만이라도 허위일 때는 그 어떤 처벌이라도 감수할 자신이 있는가!"

"네!"

"앞으로도 수사를 계속하겠지만, 지금까지의 수사를 통하여 일체의 혐의가 없음을 인정하여 오늘로 석방한다."

"……!"

점례는 자신도 모르게 터져나오는 큰 숨을 억눌러 길게 쉬었다.

"여기에 지장 찍으시오."

취조관이 시키는 대로 했다.

"당신의 신원보증을 설 사람이 있소?"

"이모부가 있어요."

쉽게 나온 말이었다.

"여긴 ㅂ읍이 아니오."

아, 그렇지! 금방 표정이 일그러진 점례는 손가락을 입에 물었다. 그때 파란 눈의 군인과 눈이 마주쳤다. 점례는 얼른 고개를 숙여버렸다. 점례는 아픈 줄도 모르고 손가락을 깨물어댔다. 아무리 생각해 보아도 이모부 외에는 ㅈ시에서 자신의 신원보증을 서줄 사람이라고는 없었다.

"됐어요. 이 사람이 신원보증을 서겠답니다."

"네에……?"

취조관은 옆의 파란 눈의 군인을 가리켰다. 그 군인은 점례를 바라보며 조용히 웃고 있었다. 점례는 얼른 눈길을 돌렸다. 해 뜬 하늘에서 소나기 쏟아지는 것만큼 해괴하고 믿기 어려운 일이었다.

"나가면 거처가 있습니까?"

점례는 고개를 저었다.

"다시 부를 때까지 돌아가시오."

유치장으로 돌아온 점례는 지금까지 억눌려온 두려움이 좀 가시는 것을 느끼고 있었다. 일단 자신이 아무 죄도 없다고 인정된 것만으로도 죽을 고비는 넘겼다 싶었던 것이다. 그런데 정작 걱정인 것은 병원으로 보낸 애였다. 왜 그리 설사를 심하게 해대는지, 그 작은 몸으로 그 많은 진기를 쏟아냈으니 별 탈이 없을 것인지 마음을 놓을 수가 없었다. 똥 굳어져 막히는 데는 참기름이고 피마자기름이고 한 종지 먹이면 해결 나지만, 물똥을 연달아 싸갈기는 데는 『동의보감』도 앞뒤발 다 들 수밖에 없다는 말이 있었다. 물똥이 피똥되고, 피똥이 곱똥되면 황천길이 문앞이라는 말도 있었다. 애의 설사는 피똥이 얼핏 비치는 것도 같았기 때문에 점례는 전혀 마음을 놓을 수가 없었다. 엄마 품을 떠난 어린것의 마음이 겁 질려 오히려 병이 도지는 게 아닐까 하는 걱정도 생겼다. 아이 옆에 있게 해달라고 애원해야 했던 게 아니었을까 하는 후회도 있었다. 점례는 엄마의 마음이라는 것이 얼마나 쓰리고 아플 수 있는 것인지를 셋째 아이한테서 비로소 느끼고 있었다.

두어 시간 후에 점례는 다시 그 방으로 불려갔다.

"자, 이 종이를 가지고 나가시오."

취조관이 내미는 종이를 받아들었다.

"……."

"그 종이 잃어버리지 말고 잘 간수하고, 어서 나가보세요."

점례는 얼떨결에 그 방을 나왔다. 이 종이로 어떻게 하란 말인가. 점례는 옆을 따르던 감시 군인이 없어진 게 오히려 불안했다.

"김점례 씨죠?"

점례는 놀라 돌아섰다. 한 남자가 서 있었다. 군인이 아니었다.

"예에……."

점례는 뒤로 좀 물러서며 몸을 사렸다.

"저는 프랜더스 대위 통역입니다. 프랜더스 대위 아시

죠?"

점례는 고개를 저었다.

"아주머니 애를 입원시킨 그 미군 이름이 바로 프랜더습니다."

프랜더스……, 점례는 속으로 뇌어보며 다소 마음이 놓였다.

"아주머니, 거처가 마땅찮다죠?"

"……?"

"이상하게 생각진 마십시오. 애가 퇴원할 때까진 댁으로 돌아가실 수 없는 형편 아닙니까. 어떻습니까, 그동안이라도 돈벌이를 하시는 게?"

취조관과는 달리 남자는 살갑게 말했다.

"무슨……?"

돈벌이라는 말에 점례는 순간적으로 마음이 흔들리고 있었다.

"저어…… 미군 장교 숙소에 일자리가 비어 있어서요."

"미군 장교 숙소요……?"

"네에…… 왜 맘이 안 내키세요?"

"전 말도 모르고……."

"아, 난 또 뭐라구요. 말이 안 통해도 상관없어요. 아무 하고도 말할 필요 없이 청소하고 옷만 빨면 되니까요. 아주머니가 아니더래도 사람은 구해야 하고, 누구든 말이 안 통하기는 마찬가지거든요."

"그럼 잠자리는……."

"부대 가까운 곳에 방 하날 빌리면 되는 거죠. 일이야 출퇴근을 하면서 낮에만 하는 거니까요."

"그런데 방 얻을……."

"아, 그건 염려 마세요. 아주머니만 결정하시면 프랜더스가 며칠분 돈을 미리 주기로 했습니다."

점례는 어리둥절했다. 일이 너무 쉽게 풀리고 있었다. 누에고치에서 실이 술술 풀리듯 자신이 염려하는 것들을 통역이 척척 해결해 나가자 오히려 불안스럽기까지 했다.

"어떻습니까?"

점례는 고개를 끄덕였다.

통역은 앞장서서 부대 주변의 집들을 찾아다녀 방 하나를 구했다. 방세를 치르고 난 통역은 얼마간의 돈을 내밀었다.

"무슨 돈을……?"

"염려 말고 받으세요. 이 돈도 앞으로 1주일간의 품삯에 다 들어 있는 겁니다. 우선 옷이라도 좀 사입으세요."

점례는 그만 얼굴이 화끈 달아올랐다. 그때서야 자신이 속곳을 입지 않고 이틀 동안이나 지내온 것이 떠올랐다. 그 사실을 들킨 것처럼 낯 뜨거웠다.

"내일부터 일을 시작하게 될 겁니다. 내일 다시 들르죠."

통역은 이 말을 남기고 돌아갔다.

1주일……, 그럼 애가 앞으로 1주일이나 걸려야 낫게 된다는 것인가. 어디가 어떻게 아픈 것일까. 설마 그런 뜻은 아니겠지. 설사를 했을 뿐인데. 혹시 설사만이 아닌 다른 병도 생긴 것일까……. 점례는 불안감이 새로 생기고 있었다.

점례는 몇 개의 상점을 뒤져서 겨우 속곳을 하나 샀다. 전쟁 통은 역시 전쟁 통이었다. 물자만 귀한 것이 아니라 값도 턱없이 올라 있었다. 밤에 주인집 사람들의 눈을 피해 치마저고리를 빨았다. 유치장에서 보낸 며칠 동안 땀이 배고 때가 전 옷은 그 냄새가 거지옷이 다 되어 있었다.

다음날 아침 점례는 통역을 따라 부대로 들어갔다. 오가는 사람이 거의 코 큰 사람들이었다. 사람들이 달라진 부대 안은 그 낯설기가 딴 나라 같았다.

"집 잘 봐둬요. 내일부턴 아주머니 혼자 와야 하니까요."

통역은 어느 건물 앞에 멈춰서며 말했다.

"여기가 프랜더스 방입니다. 청소를 하고, 저기 있는 옷들을 빨아 말린 다음 6시에 나가면 됩니다. 그리고 참, 점심은 오후 1시부터 저기 저 앞에 보이는 건물에 가서 잡수시구요."

통역은 청소 도구가 있는 곳이며 청소할 곳 등을 꼼꼼하게 알려주었다.

"저어……"

점례는 나가려는 통역을 조심스레 불렀다.

"저어…… 애는 좀 어떤지……"

"뭐 별로 걱정하지 마세요. 곧 낫게 될 겁니다."

"죄송하지만 좀 자세히 알아다……"

"예, 염려 마세요. 알아다 드리죠."

통역이 나가자 점례는 곧 일손을 서둘렀다. 아무려나 살갑게 대해주는 통역이 고마웠다.

해가 설핏해서 통역은 프랜더스와 함께 들어섰다. 프랜더스는 점례를 보자 환하게 웃으며 뭐라고 말을 건넸다.

"일이 힘들지 않느냐고 합니다."

통역의 말에 점례는 고개를 저었다.

"애가 좀 어떤지……."

점례의 말이 끝나기도 전에 통역은 프랜더스에게 말을 옮겼다. 프랜더스는 다시 환하게 웃으며 큰소리로 말했다.

"많이 좋아졌으니 걱정하지 말랍니다."

점례는 벌써 프랜더스에게 머리를 조아리고 있었다. 통역의 말이 아니더라도 프랜더스의 표정이나 몸짓으로 말뜻을 대충 알아차렸던 것이다.

점례는 어제 받았던 종이를 아침에처럼 내보이고 부대를 나섰다.

잠자리가 무거운 밤이었다. 큰이모 집에 떼어놓은 세연이, 헤어진 지 어느덧 5년이 지난 아들, 홀로 병원에서 앓고 있는 세진이, 이 힘한 전쟁 통에 어디에 있는지 모를 남편, 그리고 더 많은 생각들에 시달리다가 잠이 들었다.

하루 만인데도 다음날은 일손이 한결 익숙해졌다. 점심 때가 되기 전에 빨래와 청소를 다 마치고 오후에는 마른 빨래를 골라 다리미질을 했다.

그날도 프랜더스는 통역과 함께 늦게 돌아왔다. 그는 들어서자마자 큰소리로 말을 했다.

"애가 많이 나아졌답니다."

"……."

점례는 깊숙이 고개를 숙였다.

"일이 힘드냐고 묻습니다."

점례는 고개를 저으려다가 얼른 외면을 했다. 프랜더스의 파란 눈길이 자신을 들여다보듯 하고 있었던 것이다.

"그만 나가 쉬시죠."

집에 돌아온 점례는 마음이 한결 가벼워졌다. 애가 많이 나아지고 있다는 한마디가 준 힘이었다.

점례는 빨래와 청소를 다 마치고 나서 좀 망설이다가 목욕을 하기로 마음먹었다. 빨래와 청소를 하면서 땀이 내배 찝찝했고, 혹시 프랜더스와 통역 앞에서 땀냄새를 풍기게 되면 그건 여자로서 큰 수치이기도 했던 것이다. 그녀는 샤워라는 것에서 쏟아지는 따끈한 물에 몸을 적시기 시작했다. 그 따스한 시원함에 눈이 저절로 감겼다.

"비누고 뭐고 아낄 것 없이 맘대로 쓰세요. 괜히 비누 아끼려고 했다간 아주머니 힘만 들고, 이 사람들 물자 흔해서 하나도 고마워하지 않아요. 아무리 전쟁 통이라고 해도 후방에 근무하는 이 사람들은 다 이렇게 뜨거운 물로 샤워하고, 침대에서 자고 신선놀음을 하는 거지요. 미국이 워낙 부자라서 그럴 수 있는 거예요. 미국이란 나라가 우리나라에 비해서 얼마나 부자냐면 말이죠, 백배? 천배? 아니에요, 한마디로 이렇게 말해야 될 거예요. 만석꾼 부자와 소작인의 차이, 그래요, 미국이 만석꾼이라면 우리나라는 소작인 신세인 셈이지요. 그런데 이렇게 전쟁으로 폭격하고, 불태우고, 깨부시고 있으니 그 차이는 점점 더 심해지고 있는 거지요."

통역이 쓰게 웃으며 한 말이었다.

만석꾼과 소작인의 차이, 그 한마디로 미국이 얼마나 큰 부자 나라인지 점례는 너무 잘 알 수 있었다. 만석꾼과 소작인의 차이는 어렸을 때부터 보아와서 통역의 비교가 너무 실감났던 것이다. 그렇게도 잘 사는 나라 미국이 왜 지지리 가난한 나라의 전쟁에 뛰어든 것인지 모를 일이었다. 그것을 못내 알고 싶었지만 통역에게 물어볼 수는 없었다. 그걸 물어서는 안 될 것 같은 느낌이 들었고, 남편과 연결시켜 큰 의심을 사게 될지도 모른다는 판단이 퍼뜩 들기도 했던 것이다.

프랜더스는 그날도 늦게 돌아와서 딸 세진이의 안부를 전해주었다.

엿새째 되는 날이었다. 청소까지 다 마친 점례는 옷을 훌훌 벗고 목욕탕으로 들어갔다. 따끈하게 쏟아지는 물줄기 속에 몸을 내맡기고 있으면 오전 내내 일에 시달린 몸이 아른하고 나른하게 풀려내렸다. 온몸에 따끈한 물줄기를 맞으며 눈을 꼬옥 감고 서 있으면 어디론가 끝없이 잠겨들어가는 아물아물하고 가물가물한 기분에 빠져드는 것이다. 그 푸근하고 아련한 기분에 젖어들다가 언뜻 떠오르는 얼굴이 있었다. 남편이었다. 점례는 소스라쳐 놀라 눈을 번쩍 떴다. 남편은 간 곳이 없었다. 여전히 따끈한 물줄기만 자욱한 김과 어우러지며 쏟아지고 있었다. 점례는 볼을 감쌌다. 가슴이 두근거리고 얼굴이 달아올랐다. 누구에게 들킨 것 같은 쑥스러움이 온몸에 부딪는 물줄기처럼 전신에 퍼져나갔다. 남편은 언제나 젖가슴을 꼭 감싸안은 채 잠이 들곤 했다. 그런 남편의 품에 안겨 점례는 더없이 포근하고 아늑한 기분에 젖어 가물가물 잠이 들곤 했었다. 그런데 이상한 것은 그런 생각이 갑작스레 떠오른 것이 쑥스러우면서도 소중스러웠다. 그건 가슴 깊이 감추어져 있는 남편에 대한 그리움이었다.

점례는 물줄기들이 젖가슴에 부딪치는 순간순간 자잘하게 튀는 것 같은 자극적인 감각에 젖어들며 고개를 뒤로 젖혀 눈을 꼭 감고 있었다. 그런 점례는 화장실의 문이 열리는 것을 느끼지 못했다.

"……!"

등에 끼쳐오는 찬 기운을 느낀 점례는 홱 돌아섰다.

"아!"

점례는 순간적으로 두 팔을 엇갈리게 포개 젖가슴을 가렸다. 그리고 두 무릎을 꼭 붙임과 동시에 몸을 조그맣게 웅크리고 뒷걸음질을 쳤다. 그러나 서너 발짝도 옮기지 못했다. 뒤에는 벽이 가로막혔다.

거기 정면, 들이마신 숨을 그대로 멈춰버린 듯한 표정으로 서 있는 커다란 남자. 프랜더스였다.

물줄기가 바닥에 부딪히는 소리가 유독 크게 퍼지고 있었다. 그러나 그건 잠시였다. 피어오른 김이 가득한 저쪽 프랜더스의 눈이 야릇하게 빛나는가 하자 점례는 가슴팍을 눌러오는 또 하나의 벽에 부딪혀야 했다. 그 벽도 등뒤의 벽이나 마찬가지로 완강했다.

왜 대낮에 갑자기 집에 들어왔느냐고 프랜더스를 탓할 수 없는 일이었다. 그건 프랜더스의 집이었고, 그는 언제든지 마음대로 드나들 수 있는 권리와 자유를 가지고 있는 사람이었다. 잘못한 것은, 대낮에는 프랜더스가 안 온다고 생각하고 마음 놓고 샤워를 하고 있었던 자신이었다. 샤워를 하고 있는 발가벗은 젊은 여자를 본 젊은 남자. 그 남자가 밤과 낮을 가릴 것인가. 배고픈 호랑이가 눈앞에 먹이를 두고 밤과 낮을 가릴 수 있을 것인가. 젊은 남자가 불덩어리로 타오르는 것은 그의 뜻일 수 없었다. 그것은 태양이 불타는 그 힘이고, 그 동력이었다.

남자는 여자를 으깰 것처럼 벽으로 밀어붙였다. 밀어붙이고 밀어붙이면서 물에 흠뻑 젖고 있는 군복이 하나씩 허물이 되어 떨어져 나갔다. 그럴 때마다 여자는 기회를 틈타 남자를 떠밀어냈다. 약간 밀리는 듯했던 남자는 밀렸던 것보다 몇 배의 힘으로 여자를 밀어붙였다. 몇 번의 그 밀치기 끝에 남자도 알몸이 되고 말았다.

알몸과 알몸이 뒤엉키자 여자는 더 어찌하지 못하고 차츰 입을 벌리기 시작했다. 남자의 뜨거운 혀가 여자의 입속을 범하고 들었다. 그리고 저 아래의 입마저도 점령당하기 시작했다.

 점례는 울음을 깨물며 채 마르지도 않은 프랜더스의 옷을 걷어다가 다리미질을 했다. 다리미질이 끝나자 프랜더스는 서둘러 계급장을 옮겨 달았다. 옷을 갈아입은 프랜더스는 점례의 등을 다독거리며 알아들을 수 없는 말을 남기고 나갔다. 점례는 비로소 무릎이 휘청 꺾이는 현기증을 느꼈다. 내가 무슨 짓을 한 것인가! 점례는 가슴을 치는 두려움에 으시시 떨었다. 프랜더스는 또 하나의 야마다였던 것이다.

 어지럽게 흩어지고 구겨진 침대보를 다시 빨기 위해 걷어가지고 일어서던 점례는 우뚝 멈추었다. 맞은편 책상 위에 놓인 사진. 가운데 한 여자와 양쪽에 두 아이가 앉아 있었다. 그 사진이 차츰차츰 커지고 있었다. 점례는 그만 눈을 가렸다.

 다음날부터 프랜더스는 점심 무렵이면 혼자 들르기 시작했다.

 점례가 애타는 일은 그날부터 통역이 오지 않는 것이었다. 통역이 왜 안 오느냐고 물을 수도 없고, 오게 해달라고 할 수도 없었다. 이 세상에서 가장 답답한 것은 사람과 사람 사이에 말이 통하지 않는 것이었다. 제 좋자고 통역을 오지 못하게 해버린 프랜더스가 그렇게 야속할 수가 없었다. 애의 병세에 대해서는 무소식이 희소식이라는 말을 믿을 수밖에 없었다.

열하루째 되는 날이었다. 빨래를 하고 있는데 통역이 허둥지둥 뛰어들어왔다.

"아주머니, 빨리 일어나요, 빨리."

"네에?"

점례는 튕기듯 일어섰다. 우리 애기가! 순식간에 머리를 친 불길함이었다.

"혹시 애가……?"

"예, 이상하답니다. 빨리 갑시다."

어느새 점례는 문을 뛰쳐나가고 있었다.

딸애는 이미 숨이 끊어진 것 같았다. 축 잦아들고 가라앉아버린 것 같은 조그만 몸, 유독 커보이는 머리가 내던져진 듯 무겁게 침대에 부려져 있었다. 점례는 언젠가 텃밭가 풀섶에 외롭게 눈 감겨져 있던 작은 새를 떠올렸다.

"아가……."

점례는 쓰러지며 딸을 덥석 안았다.

"아주머니. 이러시면 안 됩니다. 어서 의사가 하는 말을 들으세요."

점례는 어깨를 붙들려 일으켜 세워졌다. 프랜더스였다.

의사는 얼굴을 찡그려가며 말을 했고, 통역은 말을 옮기기에 바빴다. 프랜더스는 의사와 통역 사이에 서서 연상 불안한 눈길을 이리저리 옮기고 있었다.

병원에 입원시켰을 때는 아주 심한 이질 증세였다. 탈수증이 심해 위험할 수도 있었다. 탈수증을 막는 응급처치를 하자 상태가 호전되어 갔다. 그러나 그건 일시적 현상이었다. 체력이 워낙 떨어진 데다가, 병세가 다시 도지기 시작했다. 아래로 곱똥을 싸는 것만이 문제가 아니었다. 위로는 토해내는 것이 더 문제였다. 몸이 먹는 것을 받아들이지 않으니 체력 소모는 급격해지고, 병세는 더욱 기승을 부릴 수밖에 없었다. 약이 한계에 도달한 상황이었다.

"그런데, 저어 아주머니……"

통역은 난처한 표정으로 머뭇거렸다.

"……!"

점례의 뇌리에 상여소리가 울려왔다. 안 돼, 안 돼, 안 돼……. 점례는 속으로 가슴 터지도록 울부짖으며 부르르 떨었다.

"저녁을 넘기기가 어렵겠다는군요."

 빠른 통역의 말이 돌멩이가 되어 머리를 후려쳤다. 점례는 딸 세진이가 누워 있는 침대가 핑그르르 돈다고 느꼈다. 그러고는 기억이 없었다.

 정신을 차렸을 때 점례는 침대에 눕혀져 있었다. 흐린 눈앞에 세 개의 얼굴이 흔들렸다. 점례는 몸을 일으키다가 다시 눕고 말았다. 프랜더스의 큰 손이 어깨를 눌러왔다. 프랜더스가 고개를 가로젓지 않았더라도 점례는 더 몸을 일으키기가 어려웠다.

 눈앞이 맑아져서야 일어난 점례는 딸의 침대에 매달렸다. 거미줄보다 더 가느다란 숨결. 꼭 감겨버린 눈과 가랑잎처럼 말라버린 입술. 점례는 이를 악다물고 울음을 참아내며 침대 쇠다리를 붙들고 몸을 비비틀었다. 큰이모한테 떼어놓고 왔어야 한다는 뒤늦은 후회에 가슴이 터지고 있었다. 그러나 큰딸 세연이를 맡긴데다, 작은딸은 젖을 먹여야 했던 것이다. 어찌할 수 없는 형편이었고, 부질없는 후회였다.

 딸애가 괴상한 소리를 지르며 손발을 내저었다.

"아가, 세진아!"

점례는 딸을 안으려다가 재빨리 달려든 의사에게 팔을 붙들렸다. 의사는 점례를 프랜더스에게 넘기고 아이의 손목을 조심스럽게 받쳐잡았다.

어린것은 목을 늘여 입을 딱딱 벌리는가 했더니, 허리가 들먹하며 두 발로 허공을 찼다. 그리고 여태껏 감았던 눈을 흡떴다.

"아가, 세진아! 세진아, 세진아!"

점례는 미치고 있었다. 그러나 프랜더스와 통역에게 붙들려 침대로 접근할 수가 없었다.

어린것의 사지가 바르르 떨렸다. 그리고 오그라드는 듯하다가 쭉 뻗쳐지더니 이내 풀려버렸다. 동시에 천장을 향해 들려 있던 턱이 떨어지며 머리가 픽 침대에 묻히듯 해버렸다.

의사가 돌아섰다.

"숨을 거두었답니다."

점례의 귀에는 이런 통역의 말이 들리지 않았다.

"세진아! 세진아!"

이제 통역이나 프랜더스의 힘이 당해낼 도리가 없었다.

침대로 내달은 점례는 딸을 덮치듯 했다.

"세진아, 이게…… 이게…… 세진아……."

몸부림치던 점례는 정신을 잃었다.

점례가 프랜더스와 통역에게 이끌려 흰 광목으로 몇 겹을 싼 딸애의 시신을 안고 병원을 나선 것은 해가 뉘엿뉘엿해서였다. 부대 밖의 뒷산 중턱 양지를 골라 통역과 운전사가 구덩이를 팠다. 점례는 될 수 있는 대로 깊이 파달라고 당부했다.

항아리를 눕혀 딸의 시신을 넣으며 점례는 더는 울지 않았다. 자신의 잘못이 아니었다. 자식을 지켜내기에는 전쟁의 물결은 너무나 거세고 무정했다.

항아리가 실히 한 길이 넘는 구덩이에 내려졌다. 점례는 흙을 항아리 위에 뿌렸다. 점점이 떨어지는 붉은 황토 위에 남편의 얼굴이 어리고 있었다. 애들 잘 키워 열두 폭 병풍 해서 시집보내 줘야지. 남편이 배냇짓을 하는 작은딸의 눈을 들여다보며 한 말이었다.

흙이 구덩이를 다 채워 파내기 전의 높이가 될 때까지 점례는 세 번이나 삽질을 멈추게 했다. 그리고 그때마다 흙을 꼭꼭 밟아 다졌다. 아무리 깊게 팠어도 단단하게 다지지 않으면 위태로운 일이었다. 여우라는 놈은……, 백여우는……. 점례는 전신의 힘을 발에 모아 힘껏 힘껏 흙을 다졌다.

다지는 것으로 끝나지 않았다. 큰 돌을 들어오게 하여 조그만 봉분 위에 빈틈이 없도록 차곡차곡 쌓았다.

사방은 어둑어둑해지고 있었다. 10월 하순의 서늘한 바람결이 옷깃을 헤집고 들었다. 텅 비어버린 점례의 가슴엔 그 서늘한 바람만 가득했다. 또다시 허허벌판에 내다 버려진 기분이었다. 그대로 주저앉아버리고 싶은 막막함이고 외로움이었다.

"그만 내려가실까요."

통역의 말에 따라 점례는 그저 발을 내디뎠다. 다리가 휘청거렸다. 누군가가 어깨를 감싸며 부축했다. 프랜더스였다. 순간 점례는 그가 구렁이만큼 징그러웠다. 뿌리쳐야 된다고 생각했다. 그러나 행동이 이루어지지 않았다. 프랜더스, 그가 잘못한 일은 없었던 것이다.

지프에서 내리고, 차는 곧 떠났다. 그때서야 점례는 프랜더스 숙소 앞이라는 것을 깨달았다. 프랜더스가 어깨를 감싸잡으며 발을 떼어놓았다. 점례도 따라서 걸을 수밖에 없었다. 그러면서 내일은 떠나야 한다고, 집으로 돌아가야 된다고 마음의 갈피를 간추리고 있었다.

프랜더스는 슬프고 간절한 표정으로 무슨 말인가를 하고 또 했다. 그게 위로하는 것임을 점례는 느낄 수 있었다. 점례는 그 마음이 고마워 고개를 끄덕였다. 다른 것보다는 슬픈 마음이 쉽게 통하는 것을 경험하고 있었다.

점례는 프랜더스를 거부하고 싶었다. 그러나 그가 원하는 대로 그를 받아들이기로 했다. 그에게 마지막으로 빚갚음을 하자는 것이었다. 내일 떠나기 전에 자신이 할 수 있는 유일한 빚갚음이었다. 작은딸을 낫게 하려고 애써주었고, 큰딸에게 돌아갈 수 있게 해준 단 한 사람이 프랜더스였다. 이 하룻밤만 지나면 큰딸에게로 갈 수 있는 것이었다. 다른 생각들 다 덮어두고 오로지 그 생각만 하고자 했다. 큰딸은 그동안 엄마를 얼마나 찾고 있을 것인가.

프랜더스는 곧 코를 골며 깊은 잠이 들었다.

점례는 웅크리고 돌아누워 잠을 자려고 애썼지만 찬물에 낯을 씻은 듯 정신은 말끔해지기만 했다. 작은딸과 남편과 야마다와 아버지가 어지럽게 뒤엉키고 있었다. 전쟁이 어찌 되어갈 것인지, 만약 남쪽이 이기게 되면 남편은 어찌 될 것인지. 혹시라도 남편이 못 돌아오게 된다면……. 점례는 수많은 생각들로 거의 잠을 자지 못했다.

통역은 아침 일찍 나타났다.

점례는 대충 머리 손질을 하고 나섰다.

"그동안 폐가 많았습니다. 그럼……."

"아니 아주머니, 어쩌시게요?"

통역은 의외로 당황하는 기색이었다.

"이젠 집으로 가야죠."

점례는 당연한 것처럼 말하고 돌아섰다.

"아주머니, 잠깐만 기다리세요."

통역은 점례의 팔을 붙들어 의자에 앉혔다. 그리고 서둘러 방으로 들어갔다. 잠시 후에 프랜더스의 큰 목소리가 울려나왔다. 잠옷을 펄럭이며 쫓아나온 프랜더스는 통역과 점례를 번갈아 보며 목청 돋우어 빨리 말하고 있었다. 점례는 고개를 벽 쪽으로 돌려버렸다. 프랜더스의 태도에서 점례는 발목에 커다란 쇳덩어리가 매달린 것 같은 느낌을 받았다.

"아주머니, 제 말을 잘 들으십시오."

한참 만에 통역이 옆자리에 앉으며 조심스럽게 입을 열

었다.

"저어, 프랜더스의 말로는 말입니다, 신원보증인의 곁을 마음대로 떠나서는 안 된다는 겁니다. 신원보증을 설 때 석방된 다음에라도 그 사람의 모든 행동을 책임지기로 되어 있다는군요."

"……."

지령, 접선, 공작 임무, 순식간에 머리를 치고 지나간 말들이었다.

"그리고 지금은 전쟁 중이 아닙니까. 이대로 집으로 돌아갔다가는 무슨 보복을 당하게 될지 알 수 없다는 겁니다. 남편이 부위원장을 지낸 이상 안심할 수가 없다는 건데, 그게 틀린 말은 아니지요."

"……."

밤마다 골목을 울리던 저벅거리는 구둣발 소리와 어둠을 찢던 총소리와 날카로운 비명이 뒤엉켜 들리고 있었다.

"아주머니도 눈치로 아셨겠지만, 사실 아주머닐 살려낸 건 프랜더스였거든요."

"……."

파란 눈동자, 자신을 응시하고 있던 파란 눈동자. 서슴지 않고 딸 세진이를 입원시켜 주었던 파란 눈의 사람.

"그리고 말입니다. 실은 프랜더스가 아주머닐……."

"……."

신원보증을 섰다. 그리고 일자리까지 마련해 주었다.

"생각해 보세요. 설사 자유롭게 떠날 수 있다 하더래도 이런 전쟁 중에 혼자서 어떻게 하시겠습니까."

"……."

논밭이라고는 단 한 뙈기도 없었다. 있다는 게 마당 가의 텃밭이 고작이었다. 남편은 논밭 갖는 것을 한사코 반대했다. 논밭은 농민의 것이지 공장 노동자의 것은 아니라는 거였다.

"이건 심각하게 생각해야 할 문제입니다. 프랜더스가 기분이라도 상해 아주머니의 신원보증을 포기하겠다고 해버리면 그땐 문제가 너무 심각해집니다. 아주머니가 무슨 일을 당하게 될지, 지금은 전쟁 통이란 걸 잊지 마세요."

"……."

점례는 발목에 매달린 쇳덩어리가 훨씬 더 커졌다는 것을 느꼈다.

정문 통과증을 통역에게 건넸고, 통역은 그걸 프랜더스

에게 주었으며, 프랜더스는 그걸 받자마자 갈가리 찢어버렸다.

프랜더스와 통역이 나간 다음 점례는 감옥에 갇힌 기분이 되어 주저앉았다. 통행증이 없어져버렸으니 정문을 벗어날 길은 없었다.

딸 세연이가 통역에게 손목을 잡혀 불쑥 나타난 것은 점심때가 약간 지나서였다. 그때까지 점례는 청소도 하지 않고 있었다.

큰딸을 여기로 데려오는 게 어떨까요. 통역이 아까 이렇게 말했지만, 점례는 설마 했었던 것이다. 그런데 정말 큰딸을 데려와 자신이 프랜더스 옆을 떠나야 할 이유를 없애버린 것이었다.

큰딸을 대하자 반가움과 서러움이 복받쳐올라 제대로 이름도 부를 수가 없었다. 점례는 딸을 껴안고 느껴 울기만 했다.

──참 네 팔자도 기구하고 험하구나. 원, 얼굴값을 하느라고 그러는지 묏자리를 잘못 써서 그러는지 알다가도 모를 일이다.

남편이 떠난 날 밤 큰이모가 했던 말이 떠올랐다. 낯 모르는 통역에게 손녀를 딸려보내며 큰이모는 어떤 심정이었을까. 만약 통역이 모든 것을 사실대로 말했다면 큰이모는 뭐라고 했을까. 또 얼굴값을 하느라고 팔자가 기구해지는 거라고 했을 것인가.

 신원보증인이 없으면 다시 잡혀들어가게 될지도 모른다는 통역의 말은 과장이나 거짓말이 아니라 사실 그대로일 수 있었다. 더군다나 자신의 보증인은 미군이었다. 이번 전쟁은 미군들이 다 알아서 하는 것이고, 미군 빽은 곧 하느님의 빽이나 똑같다고 이미 소문이 다 퍼져 있었다. 그래서 '미군은 하나님과 동창생'이라는 얄궂은 말까지 생겨나 있었다. 만약 프랜더스가 신원보증을 포기해 버린다면……, 다시 잡혀들어가게 되면 이번에는 큰딸에게……. 점례는 머리를 감싸잡으며 떨었다. 통역은 또 말했었다. 집으로 돌아가는 것이 꼭 좋은 것만은 아니라고. 남편이 했던 일 때문에 어떤 흉한 보복을 당할 수 있다고 했다. 그건 괜한 소리가 아니었다. 남편이나 인민위원회 사람들의 그때 기세로 보아 원수 살 일을 했을 수도 있었다. 그래서 남편은 떠나며 굳이 큰이모 집으로 옮기게 했고, 옮긴 것조차 당분간 아무도 모르게 하라고 했었는지도 모른다. 괜히 집으로 돌아갔다가는 어느 날 밤에 원수 산 누군가의 칼이나 낫에 찔려 죽을 수도 있었다. 날마다 수많은 사람들이 죽어가고 있는 전쟁 통이었다. 시체들을 미처 묻지도 못해 까마귀 떼들이 까옥까옥 검은 바람을 일으키며 날아다니는 형편이었다. 그런데 여자 하나 죽은 것 가지고 누가 큰 신경 쓸 것인가. 개죽음이란 바로 그렇게 죽는 것이었다. 그런 죽음을 할 수는 없었다. 자신은 혼자 목숨이 아니었다. 두 아이의 어머니였다. 남편이 살아돌아올지 어쩔지 전혀 알 수 없기 때문에 자신은 아이들 옆에 살아 있어야 했다. 그러나 프랜더스의 옆에서……, 그녀는 또 바람벽 없는 허허벌판에 서 있는 외로움에 움츠러들었다.

다음날로 셋방을 옮겼다. 새로 얻은 집은 방이 두 개로, 안채와는 따로 떨어져 있었다. 방 하나는 딸 세연이의 몫이었다.

그날부터 부대에 일을 나가지 않았다. 새사람을 두었다고 했다.

프랜더스는 매일 한 번씩 들렀다. 토요일이나 일요일 저녁에는 자고 가기도 했다.

달포가 되어가는 어느 날이었다. 그날도 프랜더스는 점

심때 무렵에 들렀다. 그는 앉기가 바쁘게 단추부터 끌렀다. 점례는 두 겹으로 만든 커튼을 쳤다. 아무리 문을 잠갔지만 벌컥 열려버릴 것 같은 불안은 언제나 마찬가지였다. 두 겹으로 만든 커튼도 햇빛의 위력을 가릴 수는 없었다. 대낮의 프랜더스는 너무 싫은 사람이었다.

프랜더스의 숨결이 점점 거칠어지고 있었다.

"느네 엄만 양갈보야!"

"뭐라구? 양갈보가 뭔데? 뭔데?"

점례는 귀를 모았다. 문밖에서 들리는 것 같은 세연이의 목소리였다.

"야 저런 병신 봐라. 코쟁이하구 빨가벗구 어쩌고 어쩌고 하니까 양갈보지."

순간 점례는 벌떡 일어나려고 했다. 그러나 생각뿐이었다. 시뻘겋게 달아오른 프랜더스의 얼굴이 방 안을 가득 채우고 있었다.

"양갈보 딸도 양갈보야!"

"그래, 그래. 더럽다, 쟤하곤 놀지 말어."

점례는 속입술을 깨물었다.

프랜더스가 돌아가고 세연이를 찾았지만 보이지 않았다.

골목을 샅샅이 뒤졌다. 변소를 보았고, 부엌도 살폈다. 보았다는 아이들도 없었다. 행여나 싶어 방문을 열었다. 세연이는 방구석 저쪽에 벽을 향해 잔뜩 웅크리고 누운 채 잠이 들어 있었다.

프랜더스는 올 때마다 빈손이 아니었다. 당장 생활에 필요한 것은 집을 옮기면서 거의 마련했다. 그런데 수시로 옷이나 버터 비누 등속을 가져왔다. 어떤 때는 껌이나 여러 가지 과자며 사탕이 든 큰 상자를 덜렁 들고 오기도 했다.

점례는 그런 것들이 달갑지가 않았다. 버터나 치즈는 닝닝해서 먹을 수가 없었다. 담요도 서너 장이 넘었지만 무슨 소용이랴 싶었다. 뭐니뭐니 해도 온돌방에서 겨울을 나려면 두툼한 솜이불을 당할 게 없었다. 그건 그만두고라도 옷을 보면 그만 짜증이 솟았다. 열 벌이 넘는 옷이 하나도 쓸모가 없었다. 그 색깔이 혼란스럽기도 했지만, 옷 모양새는 더욱 가관이었다. 밑을 터버린 쌀자루에다 소매를 달아놓은 것 같은 망측스런 꼴을 하고 있었다. 그것도 길이나 길면 또 모른다. 장딴지가 다 나오는 그 방정맞은 것을 옷이라고 입을 수가 없었다. 그런 옷 백 벌이면 뭘 하고,

천 벌이면 어디에다 쓸 것인가. 과자만 해도 그렇다. 처음에는 세연이가 억척스럽게 먹어대더니만 며칠이 지나고부터는 구미를 잃어버렸다. 껌도 단물만 빨아먹고는 뱉어버렸다. 그런데도 프랜더스는 싱글벙글하며 그런 것들을 계속 가져왔다. 그런 게 다 공짜일 리는 없고, 만석꾼 나라의 국민은 역시 다르다 싶었다. 방구석에 쌓이느니 껌이요 과자요 치즈 덩어리였다. 그러나 주인집 아이들이나 세연이 또래를 찾아 나눠주지도 못했다. 주고도 좋은 소리 못 들을 건 뻔한 노릇이었다.

점례가 답답한 건 프랜더스가 이렇듯 다람쥐 알밤 물어 나르듯 하면서 정작 돈은 한푼도 내놓지 않는 것이었다. 쌀까지 통역이 팔아왔다. 프랜더스는 속도 모르고 손짓발짓해 가며 자기가 가져다준 옷을 입으라고 권하기도 했다.

어느 날 점례는 하도 답답하다 못해 옷 몇 벌을 싸들고 집을 나섰다. 몇 군데 상점 앞에서 머뭇거리기만 하다가 지나치곤 했다. 도무지 문을 열고 들어갈 용기가 나지 않았다.

점례는 또 한 상점 앞에서 머뭇거렸다.

"어서 오세요. 뭘 찾으세요?"

드러나는 홈

점례는 주춤 물러섰다. 여자는 어느새 문 앞까지 나와 생긋 웃고 있었다. 바로 그 여자가 자신이 싸들고 있는 그 방정맞은 쌀자루 옷을 입고 있었다. 점례의 마음은 금방 환해졌다.

"저어…… 물건을 사려는 게 아니라……."

점례는 껴안은 보퉁이를 추슬렀다.

"아, 뭐 파실 물건이 있으세요?"

"예에……."

점례는 고개까지 끄덕였다. 자신의 속을 빨리 알아차려 준 것이 고맙기 그지없었던 것이다.

"무슨 물건인데요? 우린 저 부대에서 나온 물건이 아니면 필요가 없는데……."

여자는 저 부대라는 말을 하면서 손가락을 콧등에서부터 시작해서 둥그렇게 그려 보여서는 코밑에다 갖다 댔다.

"맞아요. 거기서 나온 물건이에요."

점례 얼굴과 목소리가 함께 환해졌다.

"그으래요오?"

여자는 새삼스러운 눈으로 점례의 위아래를 훑어보다가 보퉁이에 눈길이 멎었다. 그러더니 호들갑스럽게 대들었다.

"아유 내 정신 좀 봐. 어서 들어오세요, 어서. 이런 귀한 손님을 글쎄."

점례는 안기다시피 해서 상점으로 들어갔다.

여자는 옷가지들을 하나씩 들어, 대보고, 맞춰보고, 한동안 수선을 떨었다. 그러다가 갑자기 생각난 듯이 얼마를 받겠느냐고 물었다. 점례는 알아서 달라고 했다. 여자는, 팔 사람이 받을 금을 말해얄 게 아니냐고 했다. 점례는 그저 알아서 달라고만 했다.

"그런데 아주머니, 아주머니가 미군하고 사세요?"

여자는 값은 정하지 않고 엉뚱한 말을 물었다.

"예."

점례는 기분이 언짢았다.

"계급이 뭔데요?"

"케프틴이랍디다. 어서 값이나 정해요."

"어머나, 그럼 대위 아닌가!"

여자는 깜짝 놀랄 지경으로 소리를 지르며 점례의 손을 덥석 잡았다. 그리고 바싹 다가앉았다.

"아주머니, 앞으로 잘 좀 사귑시다. 앞으로 단골을 삼는 뜻에서 오늘 옷값을 톡톡히 쳐드릴게요."

옷값을 받아든 점례는 정신이 아리송했다. 생각하지도 못했던, 너무나 많은 돈이었다.

여자는 옷만이 아니라 미제 물건이면 무엇이든 가져오라고 했다. 미제 물건이면 뭣이든지 메니메니 오케이! 여자가 신바람이 나서 손가락으로 딱 소리를 내며 외친 소리였다. 여자는 문밖까지 따라나오면서 다른 상점에 가서는 안 된다고 다짐을 했다.

치마저고리 두 벌하고 겨울 속곳을 장만하고서도 돈은 반이 더 남았다. 집으로 돌아오는 점례는 자꾸만 가슴이 울렁거렸다. 그리고 뭔가 뿌듯한 것이 가슴에 꽉 차오는 기분이었다.

점례는 밤이 늦도록 잠자리에 들지 못했다. 프랜더스와 야마다와…… 소식을 모르는 남편과 두 아이의 어머니인 자신과……. 그동안 소홀하게 취급했던 옷이며 담요며 과자고 껌이며, 모든 미제 물건들을 차근차근 정리해 두고 잠자리에 들었다.

다음날부터 점례는 거침없이 여러 상점을 드나들었다. 차츰차츰 종류별로 물건값을 알게 되었고, 많이 찾는 물건이 무엇인지도 구분하기에 이르렀다. 그래서 물건에 따라 상점을 골라서 넘기는 요령도 익히게 되었다.

담배가 필요하면 한 개비를 구해다가 프랜더스에게 내보이면 그만이었다. 프랜더스 앞에서는 낭자 머리를 풀어내리고 쌀자루 옷을 입는 것도 잊지 않았다. 프랜더스는 허리까지 치렁거리는 점례의 머리를 쓰다듬으며 비유리풀, 원더풀을 연발해댔다. 그런 때 옷을 가리키며 코앞에다 손가락을 두 개고, 세 개고 펴보이면 프랜더스는 무조건 "오케이, 오케이"를 기분 좋게 연발했다.

점례는 이젠 잠자리에서도 나무토막이 아니었다. 프랜더스는 더욱 싱글벙글이었다.

점례는 돈을 한푼도 소홀히 하지 않았다. 구겨진 돈은 다리미질을 해서 차곡차곡 깊이 감추었다.

해가 바뀌고 1월에 부대 이동이 실시되었다. 그동안 인민군을 압록강까지 밀어올렸다는 소식이 들리기도 했다.

프랜더스를 따라 도(道)를 하나 넘어 ㄷ시로 이사를 했다. 그때 점례는 완연한 태기를 느끼기 시작했다. 점례는 겁부터 났다. 어떤 애를 낳게 될 것인가. 자신과 프랜더스를 반반씩 닮은 애를 낳게 된다면 어떻게 생겼을 것인가.

도무지 상상이 되지 않았다. 그리고 애를 낳게 되면 어떻게 할 것인가. 혼자 삭이기에는 너무 큰 시름이었다.

생각다 못해 프랜더스에게 알리기로 했다. 점례는 응애, 응애 애 우는 소리를 낸 다음 배를 가리키며 둥그렇게 손짓을 해보였다. 프랜더스는 금방 알아들었다. 그는 눈을 크게 떠서 환하게 웃으며 뭐라고 물었다. 점례는 고개를 끄덕였다. 표정으로 보아 정말이냐고 묻고 있었다.

"굿, 굿."

점례의 배에 귀를 갖다 댄 프랜더스는 연상 이런 소리를 했다. 프랜더스가 기뻐하는 것과는 반대로 점례의 심중은 착잡하기만 했다. 언젠가 보았던, 두 아이를 양쪽에 앉힌 여자의 사진이 다시 확대되어 왔다.

프랜더스는 더 다정하고 정성스럽게 대해주었다.

점례는 마루에서 몇 차례나 뛰어내렸다. 그럴 때마다 아랫배가 뒤트는 듯이 아팠다. 그러나 하혈은 없었다. 세연이를 임신했을 때 남편이 주의시켰던 점들을 생각해 가며 꼭 그 반대로만 했다. 그러나 바라는 일은 이루어지지 않았다. 입덧은 본격적으로 시작되었다.

배가 불러지기 시작해서도 기둥을 붙들고 배를 힘껏 부

딪치곤 했다. 숨이 컥컥 막히는 아픔만 전신을 오그라들게 할 뿐이었다. 그리고 그런 통증 속에서 뱃속의 생명이 아파하는 몸부림을 느껴야 하는 고통은 점례의 애간장을 찢었다. 차마 못할 짓이었다. 뱃속의 핏덩이가 무슨 죄가 있다고. 점례는 마음을 고쳐먹었다. 하늘이 점지한 것이니 낳을 수밖에 없는 일이었다. 몸간수를 조심스럽게 하고 때에 맞춰 먹는 것도 잊지 않았다. 그동안 온갖 학대를 받아 가면서도 끈질기게 커온 것도 다 운명이라 여길 수밖에 없었다. 더 열심히 물건들을 돈으로 바꾸었다.

7월에 프랜더스가 전속이 되었다. 집과는 차츰 멀어지고 있었다.

싸움은 계속 밀다가 밀리다가 한다는 소식이었다.

9월 하순에 해산을 했다. 아들이었다. 프랜더스는 아들의 이름을 로버트라고 지었다.

프랜더스는 아들을 무척 귀여워했다. 애는 이상하리만큼 프랜더스를 닮아 있었다. 머리 색깔이 약간 다를 뿐 얼굴 윤곽부터 눈, 코, 입, 그대로가 프랜더스였다. 생김새가 그런데도 자식이긴 매일반이었다. 가슴에 품고 젖을 빨리면 예전에 느꼈던 그 뿌듯하고 아늑하고 넉넉한 기분이 그대로 되살아났다.

  12월 중순이 가까워 프랜더스는 전방 지역으로 출장을 떠났다. 1주일 예정이었다. 그런데 열흘, 보름이 지나도 돌아오지 않았다. 싸움이 한창인 전방에서 무슨 사고라도 난 것이 아닐까. 별 걱정이 다 되었다. 애를 낳은 다음부터는 프랜더스에게도 그전과는 확연히 다른 정이 쏠리는 것은 어쩔 수 없었다.

  20여 일이 지났다. 아무래도 이상했다. 수소문을 했다. 프랜더스는 전방 출장을 간 것이 아니었다. 본국으로, 태평양을 건너가버린 것이었다.

  너무 허망하게 떠나버린 사람이었다. 점례는 눈이 파란 어린것을 안고 그저 쓸쓸하게 웃었다. 원망이 필요가 없었다. 처음부터 가기로 작정되어 있었던 사람이었다. 슬플 이유도 없었다.

  출장을 떠나기 전날 엄청나게 많은 물건을 지프에 실어 왔던 것이 그나마 인간적인 작별 인사였던 것이다. 아직 그 물건들을 종류별로 간추리지 못한 점례는 우선 애부터 재웠다. 그리고 하나씩 물건을 골라나갔다. 그러면서 프랜더스와의 1년 반 가까운 세월도 정리하고 있었다.

점례는 자기 스스로를 바라보았다. 이제 자신은 세 아이의 어머니였다. 프랜더스가 영영 다시는 만날 수 없는 사람이듯 남쪽이 전쟁에 지지 않는 한 남편도 돌아올 가망이 없는 사람이었다. 자신은 혼자였고, 세 자식을 길러내야 하는 것이 피할 수 없는 현실로 앞에 놓여 있었다. 그녀는 그 중한 현실만 똑바로 바라보며 정신을 차리고자 했다. 자신의 팔자가 기구하다거나 신세가 박복하다는 비탄이나 탄식에 빠지지 않기로 했다. 자신이 그렇게 된 것은 그 누구의 잘못도 아니었고, 피하려야 피할 수 없어서 당하게 된 일이었다. 이제 남은 길은 단 하나, 세 자식을 꿋꿋하게 키워내는 것뿐이었다. 그녀는 어머니로서의 책임을 다해야 한다고 마음먹었다. 그 다짐 앞에 무슨 장애물처럼 생김이 유난히 다른 셋째아이의 모습이 떠올랐다. 많이 손가락질 당하고 놀림감이 될 수 있었다. 그러나 이 어지러운 전쟁 통에 그런 아이를 낳게 된 것이 자신 혼자만은 아닐 거라고 생각했다. 그런 무시와 따돌림은 참고 이겨내는 수밖에 없었다. 불구로 태어나고, 불치의 병에 걸려 평생을 살아야 되는 것에 비하면 생김이 좀 다른 것은 그다지 큰 불행일 것도 없었다. 그에 비하면 첫째아이가 전혀 표가 안 나는 것은 그나마 큰 다행이었다.

 우선 집으로 돌아갈까. 그녀는 이내 고개를 저었다. 아직 전쟁 중이었다. 프랜더스가 훌훌 떠나버린 것은 이제 신원보증인이 필요하지 않다는 뜻일 수도 있었다. 설령 다시 붙들려가지 않거나 보복을 당하지 않는다 해도 굳이 돌아갈 것이 없는 집이었다. 남편이 없는 집은 어차피 혼자이게 마련이었고, 타향일 수밖에 없었다. 여기나 거기나 타향일 바에는 집으로 돌아가 구면인 사람들에게 새롭게 손가락질 당하고 싶지 않았다. 자신의 처지에서 아는 얼굴들이란 생활의 훼방꾼들일 뿐이었다.

 그동안 열심히 모은 돈은 꽤 많았다. 자신이 혼자라는 것을 느끼면서도 외로움이나 서러움에 빠지지 않고 어떻게 해서라도 살아갈 길을 마련하려고 마음이 단단해지고 힘이 나는 것도 어쩌면 그 돈이 있기 때문인지도 몰랐다. 전쟁 중이라서 물가는 비싸고 돈은 헤펐다. 돈을 그대로 들고 앉아서 축낼 수는 없었다. 그 돈을 밑천으로 돈을 모아야 하는 것이다. 여러모로 궁리를 해봐도 돈으로 돈을 벌 묘안은 떠오르지 않았다.

 머리가 아파 찬바람을 쏘일 겸 변소를 갔다. 소변을 보고 방으로 들어서던 점례는 아……! 저절로 낮은 탄성을 터뜨렸다. 방 윗목에 가득 쌓인 갖가지 물건을 보는 순간 번뜩 떠오른 생각이었다. 장사를 하자! 저 물건들을 상점에 팔아넘기지 말고 손수 상점을 차리는 것이다. 저런 물건을 취급하는 장사라면 그래도 꽤 자세히 알고 있는 터였다.

며칠 동안 돌아다니며 의심 나는 것들을 알아보았다. 떼돈이 벌리지는 않지만 먹고 살면서도 수중의 돈을 축내지 않을 만큼은 벌이가 된다는 거였다. 특히 미제 물건들은 이문이 큰 데다가, 재고품이 남는 손해가 없다는 것이었다. 또한 사람들이 미제라면 무조건 믿고 좋아하는 것도 큰 장사 밑천이라 했다.

집세를 빼서 방이 딸린 조그만 가게를 얻었다. 좀 넓은 가게를 얻을 수도 있었지만 실속을 차리자고 마음을 단속했다. 가게가 넓으면 겉보기는 좋겠지만 잘못하면 이중삼중의 손해를 볼 위험이 컸다. 우선 그만큼 가게세가 많이 나가고, 물건도 많이 진열해야 했다. 물건이 많아지면 또 그만큼 돈이 많이 들어가고, 재고도 그만큼 많아질 수밖에 없었다. 술장사 외상으로 망하고, 양품점 재고로 망한다고 했다. 알짜배기 물건들을 잘 골라서 놓고, 빨리빨리 회전 시키는 것이 최고 장사 수완이라고 했다. 그렇게 하기로 했다.

 장사는 고달픈 만큼 쏠쏠했다. 물건은 어느 것이나 팔면 이문을 남겨주었지 밑지는 것은 없었다. 세상에 떠도는 3대 거짓말이란 말은 괜히 생겨난 것이 아니었다. 처녀 시집가기 싫다는 말, 노인들 빨리 죽고 싶다는 말, 장사 밑지고 판다는 말. 그리고 걱정했던 물건 구하는 길도 의외로 쉽게 트였다. 그건 의외라기보다는 어쩌면 당연한 일인지도 몰랐다. 자신이 프랜더스와 살던 때 그랬던 것처럼 미군과 살림을 차리고 있는 여자들의 손을 통해서 물건이 상점으로 나오고 있었다. 그 여자들은 점례가 업은 애를 보는 순간 태도가 달라지곤 했다. 으레 그쪽에서 어떻게 된 일이냐며 얘기를 독촉하고는 했다. 그럼 점례는 자신이 겪은 이야기를 푸념하듯 하소연하듯 엮어내지 않을 수 없었다. 이야기를 다 듣고 난 여자들은 하나같이 수심이 가득한 얼굴로 눈이 빨개져 있고는 했다. 그러고는 서로 돕고 살자며 울먹였다. 그렇게 해서 알게 된 여자 중에는 자신보다 나이가 많아 뵈는 축도 한둘 있었지만 약속이나 한 것처럼 그들은 모두 자신을 언니라고 불렀다.

점례는 그들에게 다른 상점들보다 다소 얼마라도 돈을 더 치러주려고 물건을 사들일 때마다 신경을 썼다.

일찍 문 열고 늦게 문 닫으며 부지런히 일했다. 어떤 일이 있어도 손님과의 약속을 어기지 않았고, 얄팍한 속임수나 거짓말은 아예 하지 않았다. 달이 바뀔수록 상점은 윤기가 돌았다.

아들의 돌이 되었다. 상을 차리려고 했지만 막상 부를 만한 사람이 없었다. 자신을 언니라고 불러주는 여자들을 청해서 상을 벌였다. 누군가가 가져온 양주를 서너 잔씩 마시고는 〈홍도야 우지 마라〉고 〈굳세어라 금순아〉고를 불러대다가 서로 부둥켜안고 울음바다가 되어버렸다.

해가 바뀌고 7월. 전쟁이 끝났다고 했다. 그런데 나라는 두 동강이가 난 채 끝난 전쟁이었다. 도로 38선 그 근방에서 끝난 그 전쟁은 이긴 쪽도 진 쪽도 없는, 왜 싸웠는지 모를 이상하고도 어이없는 전쟁이었다.

전쟁은 끝났지만 점례는 남들과는 달리 끝없는 수렁으로 빠져 들어가는 좌절감에서 헤어날 수가 없었다. 꼭 돌아오리라고 믿었던 남편은 아니었다. 그러나 단념하지도 않은 기다림이었다. 주체할 수 없이 밀려드는 허탈감 속에서, 38선이 가로막혀 못 가는 천리……, 그런 유행가를 들으며 눈물을 흘렸고, 장사에 정신을 쏟으며 체념을 익힐 수밖에 없었다.

점례는 마음을 더 다부지게 먹어야 했다. 더는 기댈 데라고는 없는 혼자였다. 막연하게나마 마음을 의지할 곳이 완전히 없어지고 말았던 것이다.

점례는 며칠간 가게를 닫기로 했다. 세연이와 아들을 주인집에 맡겼다. 집을 거쳐 고향 어머니에게 다녀올 계획이었다. 길이 멀기도 했지만, 큰이모나 어머니에게 아들 로버트를 보일 수는 없는 일이었다.

2년 반 만에 만난 큰이모는 울기부터 했다. 세연이를 빼앗기다시피 한 뒤로 아무 소식이 없어 꼭 죽은 줄만 알았다며 그동안의 무소식을 타박했다. 큰이모는 못내 궁금해하며 자꾸 이것저것 물었지만 점례는 어물어물 꾸며대고, 우물쭈물 둘러댔다. 다음날 일찍 고향으로 떠나며, 돌아올 때까지 집을 처분해 달라고 당부했다. 어차피 헐값으로라도 처분해야 할 집이었다.

두 살 때 헤어져서 8년 만에 대하는 아들. 전쟁이 벌어졌던 해 1년을 쉬어서 국민학교 3학년이 되어 있는 열 살짜

리 아들은 전혀 알아볼 수 없는 타인이었다. 어머니도 너무 낯설게 늙어 있었다. 혼자 힘으로 자식들과 손자를 키워낸 고달픔이 얼마나 컸는지를 보여주는 어머니의 낯선 얼굴은 너무 큰 슬픔이었다. 점례는 속절없이 눈물을 쏟았다. 전쟁은 점례의 집안에 또 하나의 큰 상처를 남기고 있었다. 남동생이 전쟁에 나가 죽은 것이었다. 밤이 깊도록 지내온 이야기를 하면서도 점례는 프랜더스는 입에 올리지 않았다.

1주일을 묵어 아들을 데리고 고향을 뒤로했다. 피라는 것은 분명 단순히 빨간색의 액체만이 아니었다. 거기에는 서로를 알아보고, 서로를 끌어당기는 인연의 마술적 힘이 들어 있는 것이었다. 그 며칠 사이에 태순이는 한사코 옆걸음질 치던 서먹서먹함을 하루가 다르게 씻어내더니만 결국 착착 감겨드는 다정함으로 가슴에 안겨들었다.

예정보다 더 오래 묵은 것은 가게를 장만한 일 때문이었다. 어머니에게 논 두 마지기 정도를 마련해 드리려고 돈을 가지고 왔었다. 그런데 와서 보니 남동생이 전사하고 없었다. 농사지을 사람이 없게 되었으니 있는 논도 팔아서 다른 일로 호구책을 마련해야 하는 형편이었다. 그래서 있던 논은 머슴을 부리기로 하고, 자신이 가져간 돈으로는 식품 잡화상을 차렸다. 그리고 사나흘 동안 장사하는 요령을 어머니에게 낱낱이 일깨워드렸다.

아들 태순이는 할머니와 떨어지지 않으려고 했다. 태순이의 그런 마음은 아주 자연스럽고 당연한 것이기도 했다. 두 살 때부터 열 살까지 8년 동안 할머니를 어머니로 여기고 살았는데 어느 날 갑자기 어떤 여자가 나타나 어머니라고 하면서 할머니와 떼어놓으려 하니 그보다 더 놀라운 일이 어디 있을 것인가. 태순이는 딴 데로 가지 말고 엄마가 할머니와 같이 살자고 했다. 이 느닷없는 말에 점례는 너무 당황스러웠다. 점례는 태순이의 마음을 돌리기 위해 이런저런 이야기를 둘러대고 짜맞추느라고 진땀을 흘려야 했다.

전쟁 뒷수습의 일환으로 나라에서는 가호적제를 실시했다. 전쟁 통에 분실된 서류 때문이기도 했지만, 무엇보다도 월남한 사람들을 위해 취해진 조처였다. 점례도 시기를 놓치지 않고 가호적 신고를 했다. 당연히 호주는 남편 박항구였다. 그러나 피난 중에 행방불명되었다는 신고에 따라 사망자로 취급되었다. 큰아들은 신노스께나 김태순이 아니라 박태순이가 되었다. 딸은 그대로 박세연이었고, 작은아들은 로버트에서 박동익으로 호적에 올랐다. 이때 점례는 자신의 나이가 스물일곱인 것을 새삼스럽게 깨달았다. 까맣게 잊어버리고 있었던 나이였다.

점례는 온 힘을 다 바쳐 상점을 꾸려나갔다. 세 자식을 키우는 것만이 평생 자신이 할 일이었고, 그 무거운 짐을 느낄 때마다 새로 뭉쳐지는 힘을 느끼고는 했다.

커갈수록 동익이를 못살게 구는 태순이가 마음을 아프게 했지만 그 대신 세연이가 동익이를 살뜰게 감싸고 도는 것으로 그 아픔을 달랠 수밖에 없었다. 그리고 점례가 다소나마 고생을 이겨내며 시름을 덜 수 있었던 것은 셋이 모두 공부를 곧잘 해냈던 것이다.

태순이가 고등학교 3학년이 되던 해에 점례는 혼자 고민에 빠졌다. 태순이는 서울의 대학에 진학을 작정하고 있었다. 장한 일이었다. 기왕 대학을 다니려면 서울에 있는 이름난 대학에 들어가 공부를 해서 훌륭한 사람이 되기를 바라는 것은 점례의 마음이 더 진했다. 그런데 태순이뿐만이 아니라 세연이나 동익이도 대학엘 보내야 할 거였다. 끝까지 뒷바라지를 해주고 싶었다. 그것만이 유일한 삶의 보람이고 빛이었다. 지금의 형편이라면 태순이 하나쯤 서울에 유학을 시키기는 문제가 아니다. 그러나 세연이와 동익이가 대학에 다니게 되면 그리 간단한 일이 아니었다. 학비며 생활비 등 두 집 살림을 꾸려갈 수 있을지 걱정스러웠다. 어려움을 더는 길은 하나, 서울로 이사를 가는 방법이었다. 그러나 막상 마음을 정할 수가 없었다. 오래 터가 잡힌 장사였다. 그런데 낯선 서울 땅에서……. 쉽사리 용기가 나지 않았다. 몇 개월을 같은 생각으로 쳇바퀴만 돌리다가 여름이 지났다. 소슬한 가을 바람이 일면서 태순이는 하루에 겨우 2시간씩만 자면서 공부에 정신을 쏟아부었다. 초조하게 날을 보내다가 점례는 결정을 내렸다. 서울로 이사를 가는 것만이 가장 의미 큰 미래의 길이었던 것이다. 한 번, 두 번, 차츰 서울이 익숙해졌다. 열 차례 가까이 서울 왕래를 한 다음에 태순이가 대학시험을 치르기 3개월 전에 이사를 했다.

인생, 그 굽이굽이

동익이는 퇴원을 하는 날로 등산 채비를 서둘렀다. 눈이 녹기 전에 다시 그 산을 정복한다는 것이었다. 그녀가 만류하고 제 누나가 타이르고 했지만 소용이 없었다. 오히려 그럴수록 동익이의 기세는 더해지는 것 같았다.

 "거 내버려둬요. 저 자식은 기어이 에베레스트 얼음 덩이에 처박혀 죽고 말 테니까. 그래서 몇천 년 후에 화석으로 발굴되어 인류사 연구에 새로운 자료로 쓰이게 될 거야. 언젠가 이 지구상에 이런 이상한 인종도 살아 있었나이다 하고 증언을 해야 인간 별종으로 산 보람이 있을 테니까 말씀이야."

"오빠!"

"뭐라고? 저 개애새끼!"

 태순이의 비아냥거림이 끝나기 바쁘게 세연이의 찢어지는 목소리와 동익이의 고함이 터졌다. 그리고 등산용 도끼가 태순이를 아슬아슬하게 피해 뒷벽에 부딪쳐 방바닥에 떨어진 것도 거의 같은 순간이었다.

"너 죽여! 꼼짝 말어."

 눈에 불을 켠 동익이가 쫓고, 태순이는 방을 뛰쳐나가고 있었다. 세연이가 동익이의 한쪽 다리를 붙들며 나동그라졌다.

"동익아, 엄마 앞에서 이게 뭐니. 엄마 혼자서, 우릴 키운 엄마 앞에서 이게 뭐니, 이게 뭐니!"

 동익이의 다리를 붙든 채 질질 끌리며 세연이는 울부짖고 있었다.

 동익이는 털썩 주저앉았다.

"동익이 넌 바보야. 넌 왜 형의 그런 악취미 재료로 쓰이려는 거니. 탓을 하지 말란 말야. 넌 너대로의 세계가 따로 있잖아, 형이 아무리 그러더라도 너한텐 엄마와 내가 있잖

아. 형이 뭐라든 제발 탓하지 말래니까. 무시해 버리란 말야. 네가 분해하고, 흥분할수록 형은 점점 더 신나한다는 것을 알아야지."

딸의 이런 울음 섞인 말을 들으며 그녀는 멍청히 천장 구석에 눈을 박고 있었다.

태순이는 그날 밤 돌아오지 않았다.

동익이는 아침 일찍 등산을 떠나버렸다.

행여나 행여나 기다렸지만 태순이한테서는 하루 종일 전화가 없었다. 그렇다고 회사로 전화를 걸 수도 없었다. 직장인이 거의 그렇듯 태순이도 직장으로 전화를 거는 것을 몹시 꺼렸다.

8시나 9시면 닫아버릴 가게문을 계속 열어놓았다. 11시가 넘고, 좀더 늦어지는 거겠지 했는데 12시 통금이 되어버렸다.

"엄마, 들어가요."

그때까지 옆에 앉아 있던 세연이가 몸을 일으켰다. 그녀는 딸의 목소리가 무척 싸늘하다고 느꼈다.

"엄마, 속상해 하지 마세요. 아직 화가 덜 풀렸나 봐요."

딸은 굳이 어깨를 주물러주며 목소리를 다정하게 바꾸

었다.

"그래, 어서 자거라. 내일도 일찍 나가야 되잖니."

그녀는 팔을 뒤로 넘겨 어깨 위로 올려진 딸의 손을 꼭 잡았다. 그런 그녀의 눈앞에는 아이들에게 따돌림을 당하고서 방구석에 웅크리고 잠이 들었던 그 옛날 세연이의 모습이 어른거렸다.

다음날도 오전이 다 가도록 전화는 없었다. 그녀는 애가 켜서 더 견디지 못하고 회사로 전화를 걸었다.

"아, 여보세요."

태순이의 목소리였다. 그녀는 목소리만으로 반가웠다.

"나다, 에미다."

"어쩐 일이세요."

태연한 척하는 큰아들의 반응에 그녀는 마음이 쓰렸다.

"어찌, 몸이나 성하냐?"

"예에."

더 이상 말이 없었다. 이놈아, 헛말이래도 에미한테 인사 한마디는 해야지. 그녀는 소리없이 혀를 찼다.

"이제 그만 집에 들어와야지."

"글쎄요. 그건 그렇고, 나 결혼하기로 했어요."

"뭐라고……."

그녀는 머리가 띵하고 가슴이 쿵 울렸다.

"나 결혼하기로 했다구요."

못 들은 줄 아는 모양이었다. 태순이는 또박또박 다시 말을 했다. 그녀는 마른침을 삼켰다. 그리고 아들이 옆에 있기라도 한 듯 억지로 웃음을 지어 보였다.

"암, 결혼은 해야지. 벌써 네 나이가 몇이냐. 오늘 밤엔 들어오려무나. 기다리겠다."

"예, 알겠어요."

아들이 먼저 전화를 끊었다. 그녀는 한참 동안이나 송수화기를 그대로 들고 서 있었다.

태순이는 8시쯤에 들어왔다. 세연이는 태순이가 자리를 잡고 앉자마자 쏘아댔다.

"도대체 오빤 뭐예요?"

"뭐가?"

"결혼을 하는 건 좋아요. 당연히 해야죠. 그러나 방법이 문제예요."

"넌 뭘 안다고 그러니?"

"도대체 뭐예요. 아무리 형식적이라 해도 한번쯤 상의를 해얄 게 아녜요. 어머니는 허수아빈가요? 어머니를 뭘로 취급하는 거예요?"

"너 왜 흥분하니? 그래서 상의를 드리는 게 아니냐."

"상의를 드려요? 오빤 대학까지 나왔으면서 상의를 그렇게 배웠나요? 이건 상의가 아니라 통고예요. 상대방을 묵살하고 무시해 버리는 일방적 통고란 말예요."

"잔소리 말어. 누가 선생 아니랠까 봐서 그렇게 똑똑하게 따지고 덤비냐?"

"그럼 뭐예요. 지금 엄마한테 상의를 드려 엄마가 반대하면 결혼을 취소할 수 있나요? 만일 그렇다면 내가 말을 잘못한 거구요."

"글쎄 잔소리 말어."

"잔소리가 아녜요. 괜히 억누르려고만 하지 말고 분명히 말하라구요."

"글쎄 넌 나서지 말란 말야."

"나서는 게 아니라 며느리를 얻는 데 부모의 의견을 무시할 수 없다는 원칙론을 말하는 거라니까요."

"그따위 원칙론이 무슨 필요가 있어. 결혼은 당사자 둘이서 하는 거지 부모나 형제간하고 하는 게 아니란 말야."

"그러니까 일방적 통고지 뭐예요!"

세연이가 더는 못 참겠다는 듯 쨍 하게 소리를 질렀다.

"닥치지 못해?"

태순이가 맞서서 악을 썼다.

"애들아, 그만둬라. 세연아, 손윗사람 일에 그러는 게 아니다. 넌 잠자코 있거라."

그녀는 만류했고, 세연이는 울음을 터뜨리며 방을 뛰쳐나갔다.

"네 나이 벌써 서른이 아니냐. 네가 어련히 알아서 잘 골랐을라구. 아무 생각 말고 결혼을 하도록 해라."

말은 이렇게 하지만 무시당한 모독감으로 그녀의 가슴은 찬바람 몰아치는 황량한 들판이 되고 있었다. 그녀는 감았던 눈을 떴다. 그 말을 마저 해버리기 위해서였다.

"결혼을 하더라도 아예 내 걱정 같은 건 할 필요 없다. 따로 나가서 살도록 해."

"그런데 그게……"

"그리고 내 힘으로는 결혼 비용을 백만 원밖에 대줄 수가 없구나."

"그럼……?"

"네가 제댈 한 후로 직장 생활을 한 게 5년째다. 그동안 한 달도 월급을 내놓지 않았으니까 신혼 살림 날 정도의 돈은 모았을 게 아니냐. 밥은 계속 내가 먹여준 거구. 더 보태주고 싶지만 앞으로 세 식구가 살아야 될 것이고, 동익이가 대학을 마치려면 아직도 멀었잖니. 허고, 나도 이젠 늙었다."

"그렇지만 어머니……."

"내 할말은 다 했다. 그만 건너가 봐라."

그녀의 음성은 단호했다. 방바닥을 응시하고 있는 그녀는 옆볼에 아들의 시선을 따갑게 느꼈다.

아들은 거칠게 성질을 부리며 방을 나갔다.

그녀는 당황스럽고도 서운했다. 큰아들이 5년이나 직장 생활을 하며 한 번도 생활비를 내놓은 적이 없으면서도 결혼 준비를 전혀 하지 않았다는 것이 참 어이없도록 당황스러웠고, 어머니가 평생 혼자벌이로 집안을 꾸려왔고 앞으로도 두 동생의 뒷바라지가 남아 있다는 것을 장남으로서 생각하고 있지 않다는 것이 그렇게 서운할 수가 없었다. 그녀는 인생 헛살아온 것 같은 허탈감을 이겨내기가 어려웠다. 그러나 그녀는 큰아들을 야속하게 생각하지 않기로 했다. 자식들은 모두 부모에게 무한정 바라기 마련이고, 그 바람을 들어주지 못하는 것이 부모의 잘못일 것이었다. 그녀는 새삼스럽게 세상살이가 너무 무겁고, 삶에 지쳐 있는 자신을 느끼고 있었다.

이틀이 지난 오후였다.

"동익인 아직 안 왔죠?"

딸이 가게로 들어서며 물었다.

"춥지? 어서 이리 앉아라. 동익인 왜?"

"참 기가 막혀서. 이것 좀 읽어보세요."

세연이는 가방에서 신문을 꺼내 내밀었다.

"왜? 또 사고냐?"

"아녜요. 동익이가 아주 커다란 감투를 썼더군요. 참 기가 막혀서."

세연이는 몹시 언짢은 표정이었다.

"감투를 써……?"

그녀는 신문을 펼쳤다. 신문 한복판에 빨간 색연필로 그어진 네모. 그 속에 웃고 있는 프랜더스가……, 아니 동익이가 있었다.

자활을 목적으로 뭉친 한국 혼혈아 클럽.

첫눈에 들어오는 큼직한 글씨의 제목이었다.

사회의 냉대에 도전하는 6·25의 산 비극.

인간 파편임을 자처하는 혼혈아들의 인간 선언.

이것이 기사 중간에 박힌 소제목이었다.

자활과 함께 인간 선언으로 사회의 냉대에 과감히 도전을 시도한 한국 혼혈아 클럽 회장 박동익. 사진 밑에 적힌 반듯반듯한 글씨였다.

그녀는 여기까지 읽고는 숨을 몰아쉬며 눈을 감았다. 어지러워 더 이상 읽을 수가 없었다.

"이 자식도 틀려먹었어요. 하라는 공부는 안 하고 악착같이 비뚤어지기만 한단 말예요. 참 아니꼽게, 자활은 무슨 얼어죽을 자활예요. 어지간히 헐벗고 굶주린 것 같잖아요. 누가 저더러 사람이 아니랬나? 인간 파편을 자처하는 건 뭐고, 인간 선언은 또 뭐 말라빠진 수작이야. 사람 아닌 것이 선언만 한다고 사람이 되나? 바보 같은 자식, 떳떳한 사람 노릇을 하고 싶으면 공부를 열심히 해야 것 아냐. 엄마는 헛고생하시는 거예요. 다 틀렸어요. 엄마만 억울해요."

세연이는 신문을 박박 찢어서 팽개치고 안채로 들어갔

다. 그녀 앞에서 이처럼 말을 함부로 한 일이 없었던 딸이다. 더구나 동익이를 놓고 그다지 화를 내거나 나쁘게 말한 일이란 없었다.

그녀는 가게문을 일찍 닫았다. 저녁도 먹는 둥 마는 둥 하고 자리에 들었다. 잠은 멀기만 했다.

내일 모레가 쉰 고개다. 험하고 고달프게 살아온 세월이었다. 남은 것이라곤 세 자식뿐이었다. 뒷바라지를 하느라고 허둥지둥하며 한시도 편할 때 없이 억척스럽게 살아왔다. 자식들이 잘되는 것만이 소원이었고, 그것이 유일하게 잡고 있었던 삶의 끈이었다. 그런데 자식들이 커갈수록 그 바람은 빗나가는 것만 같았다. 모두 하나로 뭉쳐져 서로 의지가 되고 힘이 되어 살기를 소원했다. 그러나 그 별로 대단할 것도 없는 바람이 자꾸만 엇나가고 버그러지고 있었다. 세 자식을 위해 몸 바스러지게 최선을 다했던 것은 무슨 덕을 보자는 것이 아니었다. 다만 세 자식이 오손도손 사이좋게 살기를 바랐다. 그것이 눈물뿐인 자신의 인생을 보상받는 유일한 길이라 여겼던 것이다.

생각할수록 자신의 신세가 가엾고 적막했다. 그녀의 옆볼을 타고 내린 눈물이 베갯잇을 적시고 있었다.

돌이켜보면 50평생 동안 사람답게 살아본 기억이라곤 세연이와 세진이를 낳아 기르던 3년 남짓한 세월뿐이었다. 아무려나 야속하면서도 안쓰러운 사람은 남편이었다. 사람이 서로 차등 없이 공평하게 사는 세상을 만들고자 했던 남편의 꿈이 잘못된 것은 아니었다. 잘못된 것은 남북 정치인들이 정면으로 맞서다가 일으킨 전쟁이었다. 남편은 그 전쟁의 불길에 휩쓸려 어디로 갔는지 자취가 없었다. 한 가지 희망이 있다면 남편이 북쪽에라도 살아 있었으면 하는 것이었다. 살아만 있다면 그 언젠가……, 그 언젠가……, 그날이 오면 만나게 될 거였다.

세 자식을 이끌고 살아가기 위한 돈벌이도 힘에 겨웠지만 젊은 나이에 생과부로 견디는 일도 예사 고역은 아니었다. 전쟁 다음이라서 그런지 젊은 과부도 많았으나, 그에 못지않게 홀아비도 굴러다니는 돌멩이만큼 흔했다. 전쟁 중에 폭격을 당하거나 병으로 아내를 잃은 사람도 적잖았지만, 급한 피난을 하느라 단신 월남한 이북 남자들이 대부분이었다. 그 홀아비들은 휴전으로 오도 가도 못하게 된 채 해가 바뀌어가면서 새 장가를 들기 시작했다.

ㅎ시에서 잡화 도매상을 하던 장씨도 고향이 평양이었

다. 해가 바뀌자 장씨의 태도는 달라졌다. 사람을 사이에 놓아 노골적으로 나오기 시작한 것이다. 그녀는 마음을 다잡았다. 그동안 장씨네에서 물건을 해오며 이미 눈치를 채고 있었다. 자신을 대하는 눈빛이나 웃음만이 아니더라도 장씨는 다른 상점에 주지 않는 색다른 물건을 건넸고, 값도 크게 표가 나지 않을 만큼씩 깎아주곤 했다. 그녀는 그런 것들이 무엇을 뜻하는지 잘 알면서도 그럴수록 냉정하게, 모르는 체 묵살을 해버렸다. 대개의 잡화상이 손해를 보거나 망하게 되는 것은 외상도 외상이지만 재고품이 절대적 영향을 미쳤다. 그녀는 재고품에 신경을 써서 물건을 할 때 신중을 기했지만 철이 바뀌거나 유행이 지나면 재고품은 나게 마련이었다. 그런데 장씨는 그 재고품 처리까지 선심을 썼다. 그녀는 완강히 거절을 했으나 장씨가 집에까지 찾아오는 데는 더 버틸 재간이 없었다. 그녀는 장씨의 그런 호의나 친절이 남들에게 알려질까 봐 조바심이 났다. 그녀는 자신이 남과 다른 과부임을 잘 알고 있었다. 동익이 때문이었다. 가뜩이나 남들의 입에 오르내리기 쉬운 처지에 장씨와의 관계가 드러나면 말이 말을 낳는 세상에서 어떤 구설수에 오르게 될지 가슴이 서늘해지는 것이었다.

  중매쟁이 할멈은 낯도 두꺼웠다. 그녀가 아무리 쌀쌀하고 불친절하게 대해도 헤헤거리며 매일 드나들었다. 그리고 장씨도 어지간했다. 그녀가 머리를 짜내서 그럴듯한 이유로 거절을 하면 다음날로 중매쟁이 할멈이 와서 아무 염려 말라더라, 그런 것이 무슨 상관이라더냐 해버리면 그녀는 또 짜증을 부리며 거절할 이유를 찾느라 끙끙대곤 했다. 그녀의 마지막 거절 이유인 세 아이들, 특히 동익이의 문제까지, 다 친자식으로 거느릴 각오가 되어 있다는 장씨의 전갈을 받고 그녀는 전신에 맥이 풀려버렸다. 더 이상 거절의 이유가 없었다. 방법은 단 하나, 장씨의 도매상을 이용하지 않는 일이었다. 그러나 그것도 큰일인 것이 한 번 물건을 하려면 3백여 리나 더 가야 했다. 고생도 고생이지만 차비나 식비가 이익금을 갉아먹는 가당찮은 일이 생기는 것이었다. 이러지도 저러지도 못하고 그녀는 짜증만 부렸다. 그녀가 더 안타깝게 발을 구른 것은 장씨와 자신이 곧 결혼을 할 거라는 소문이 파다하게 퍼지고 있었던 것이다.

  장씨는 서른아홉. 두 자식을 두고 온 아버지였다. 그런 사람이 새장가를 들겠다는 것이다. 그럼 장씨는 자기 살아

생전에 통일이 안 된다고 단념해 버린 것일까. 아니면 홀아비로 더 이상 살 수 없는 남자로서의 단순한 계산일까. 새 장가를 들어 살다가 통일이 되면 어떻게 할 것인가. 지금쯤 남편도 이북에서 장씨처럼 새 장가를 가려고 서두르고 있을까. 아니, 이미 결혼을 해버렸다면……. 남편이 새 장가를 갔다고 해도 어쩌지 못할 일이었다. 남편이 살아서 인민위원회 부위원장이 아닌 결혼 당시의 그런 남편으로 돌아온다 해도 얼굴을 들고 대할 처지가 못 되었다. 자신은 이미 돌이킬 수 없이 변해 있었다.

장씨는 남편과는 반대로 공산주의가 싫어 죽을 고비를 서너 차례 넘기며 허벅지에 총까지 맞아가며 월남을 했다는 것이다. 그렇다면 그 사람의 부인은 또 무사했을까. 그녀는 장씨 부인이 꼭 자신과 같은 신세가 되었으리라는 생각을 떼칠 수가 없었다. 얼굴도 모르는 그 여자의 끝도 한도 없이 목 늘어지는 기다림을 꺾을 권리는 없었다.

만약 통일이 되어 남편을 먼발치에서나마 바로 바라보기 위해서뿐만이 아니라 그녀는 더 이상 자신의 배에 또 다른 성씨의 애가 크기를 결코 바라지 않았다. 사람 한평생 사는 것이 왜 그다지 곡절도 많고 아픔도 많을까 싶었다. 어떤 것이 옳고 어떤 것이 그르다고 그리도 험하게 서로 죽이고 죽고 해야 하는가. 그녀는 부위원장인 남편도 인민위원회 사람들도 싫고, 자신을 심문하던 취조관들도 싫었다. 그저 세연이나 세진이를 낳고 살던 그 3년의 세월처럼 서로 말이 통하는 사람끼리 평생토록 사는 것보다 더 좋은 것이 무엇이랴 싶었다. 그러나 그 평범한 꿈은 영영 다시 올 수 없는 망상이 되고 말았다.

그녀는 결국 장씨를 피해 인접한 도시로 이사를 하지 않을 수 없었다.

그녀는 눈물을 훔치고는 이불을 걷고 일어났다. 불을 켜고 동익이 방으로 건너갔다. 책꽂이의 노트를 한 권씩 빼서 펴보았다. 아무것도 쓰여 있지 않은 노트를 골라냈다. 서랍에서 볼펜도 하나 집어들었다.

다시 방으로 돌아와 배를 깔고 엎드렸다. 그리고 노트를 펼쳤다. 볼펜 끝을 노트 첫 줄에다 댔다. 볼펜이 가늘게 떨렸다. 긴장을 한 탓만이 아니었다. 해가 바뀔수록 기력이 표나게 달라졌다. 신문은 서너 줄도 못 읽어 눈앞이 침침해지곤 했다.

세연이 일거라

큼직한 글씨로 이렇게 썼다. 그리고 숨을 들이마셨다. 무슨 말부터 써야 좋을지 종잡을 수가 없었다. 얼마를 망설이다가 이 글이 유서를 대신해야 된다는 것에 생각이 머물렀다.

내가 남긴 재산 중에서 세연이 네가 법에 있는 장남 몫을 차지하고, 태순이하고 동익이는 시집간 큰딸·작은딸한테 가는 것만 주면 된다. 어미 김점례

이렇게 또박또박 쓰고 나니 한결 마음이 후련해졌다.
그녀는 그 다음 줄부터는 자신이 살아온 평생의 이야기를 차근차근 쓰기로 했다. 하루에 한 줄이건 두 줄이건 써서, 다 쓰도록까지 5년이 걸리든 10년이 걸리든 계속 써나가리라 했다. 쓰다가 다 끝내지 못하고 죽어도 상관없었다. 쓰는 데까지 써서 자신이 살아온 내력을 자신이 죽은 다음에 딸에게만 알리려는 것이었다. 행여 그때 통일이 되어 남편이 딸 세연이를 찾아 자신이 쓴 글을 읽게 된다면

그 이상 더 바랄 것이 없을 것 같았다.

　이 생각을 하자 그만 가슴이 두근거리기 시작했다. 그녀는 베개를 바짝 가슴에 붙이며 노트를 끌어당겼다. 그리고 볼펜을 집어들어 손가락에 힘을 주었다.

〈1974년 발표, 2011년 5월 전면 개작〉

| 작가 연보 |

1943년　전남 승주군 선암사에서 아버지 조종현과 어머니 박성순 사이의 4남 4녀 중 넷째(아들로는 차남)로 태어남. 아버지는 일제시대 종교의 황국화 정책에 의해 만들어진 시범적인 대처승이었음.
1948년　'여순반란사건'을 순천에서 겪음.
1949년　순천 남국민학교 입학.
1950년　충남 논산에서 6·25를 맞음.
1953년　작은아버지들이 살고 있던 벌교로 이사. 최초의 자작 문집을 만들었고, 글짓기에서 전교 1등상을 받음.
1956년　광주 서중학교 입학.
1958년　아버지가 서울 보성고등학교로 전근.
1959년　서울로 이사. 광주 서중학교 제34회 졸업. 보성고등학교 입학.
1962년　보성고등학교 제52회 졸업. 동국대학교 국문학과 입학.
1966년　대학 졸업과 동시에 육군 사병 입대.
1967년　시인 김초혜와 결혼.
1969년　육군 병장 제대.
1970년　《현대문학》 6월호에 「누명」이 첫회 추천됨. 12월호에 「선생님 기행」으로 추천 완료. 동구여상에서 교직 근무 시작.
1971년　중편 「20년을 비가 내리는 땅」《현대문학》, 단편 「빙판」《신동아》, 「어떤 전설」《현대문학》 발표. 「선생님 기행」이 일본어로 번역됨.

1972년 중편「청산댁」《현대문학》, 단편「이런 식이더이다」《월간문학》 발표. 부부 작품집『어떤 전설』(범우사) 출간. 중경고등학교로 전근. 아들 도현을 낳음.

1973년 중편「비탈진 음지」《현대문학》, 단편「거부 반응」《현대문학》, 「타이거 메이저」《일본 한양》, 「상실기」를 「상실의 풍경」으로 개제《월간문학》에 발표. 10월 유신으로 교직을 떠나게 됨.《월간문학》편집일을 시작.「청산댁」이 일본에서 간행된『한국전후대표작선집』에 번역 수록.

1974년 중편「황토」작품집『황토』에 수록. 단편「술 거절하는 사회」《월간문학》, 「빙하기」《현대문학》, 「동맥」《월간문학》발표. 작품집『황토』(현대문학사) 출간.

1975년 단편「인형극」《현대문학》, 「이방 지대」《문학사상》, 「전염병」을 「살풀이굿」으로 개제《신동아》에 발표.「발아설」을 「삶의 흠집」으로 개제《월간문학》에 발표.「황토」가 영화화됨. 월간문학사 그만둠.

1976년 단편「허깨비춤」《현대문학》, 「방황하는 얼굴」《한국문학》, 「검은 뿌리」《소설문예》, 「비틀거리는 혼」《월간문학》발표. 장편『대장경』을 민족문학 대계의 일환으로 집필 완성. 월간문예지《소설문예》인수, 10월호부터 발간.

1977년 중편「진화론」《현대문학》, 「비둘기」《소설문예》, 단편「한, 그 그늘의 자리」《문학사상》, 「신문을 사절함」《소설문예》, 「어떤 솔거의 죽음」《창작과비평》, 「변신의 굴레」《신동아》, 「우리들의 흔적」《소설문예》발표. 작품집『20년을 비가 내리는 땅』(범우

	사) 출간. 10월호를 끝으로《소설문예》의 경영권을 넘김.
1978년	중편「미운 오리 새끼」《소설문예》, 단편「마술의 손」《현대문학》,「외면하는 벽」《주간조선》,「살 만한 세상」《월간중앙》 발표. 작품집『한, 그 그늘의 자리』(태창문화사) 출간. 도서출판 민예사 설립.
1979년	단편「두 개의 얼굴」《문예중앙》,「사약」《주간조선》,「장님 외줄타기」《정경문화》 발표. 중편「청산댁」이 KBS〈TV문학관〉에 극화 방영.
1980년	단편「모래탑」《현대문학》,「자연 공부」《주간조선》 발표. 도서출판 민예사의 경영권을 넘기고 주간의 일을 봄. 장편『대장경』(민예사) 출간. 문고본『허망한 세상 이야기』(삼중당) 출간.
1981년	중편「유형의 땅」《현대문학》,「길이 다른 강」《월간조선》,「사랑의 벼랑」《여성동아》, 단편「껍질의 삶」《한국문학》 발표. 중편「청산댁」이 프랑스어로 번역 출간.
1982년	중편「인간 연습」《한국문학》,「인간의 문」《현대문학》,「인간의 계단」《소설문학》,「인간의 탑」《현대문학》, 단편「회색의 땅」《문학사상》,「그림자 접목」《소설문학》 발표. 작품집『유형의 땅』(문예출판사) 출간. 중편「인간의 문」으로 대한민국문학상 수상. 중편「유형의 땅」으로 현대문학상 수상. 중편「유형의 땅」이 MBC TV 6·25 특집극으로 방영.
1983년	중편「박토의 혼」《한국문학》, 단편「움직이는 고향」《소설문학》 발표. 대하소설『태백산맥』을 원고지 1만 5천 매 예정으로《현대문학》9월호부터 연재 시작. 연작 장편『불놀이』(문예출판사) 출간.『불놀이』가 MBC TV 6·25 특집극으로 방영.

1984년　중편「운명의 빛」을 「길」로 개제《한국문학》에 발표. 단편「메아리 메아리」《소설문학》 발표. 장편『불놀이』 영어로 번역. 중편「박토의 혼」독일어로 번역. 작품「메아리 메아리」로 소설문학작품상 수상. 도서출판 민예사에서 《한국문학》을 인수하고, 주간을 맡아 12월호부터 발간.

1985년　중편「시간의 그늘」《한국문학》발표. 대하소설『태백산맥』연재 집필을 위해 매달 안양의 라자로마을에 10여 일씩 칩거.

1986년　『태백산맥』제1부 4천 8백 매 완결(《현대문학》9월호). 제1부를 3권의 단행본으로 출간(한길사).

1987년　『태백산맥』제2부를 《한국문학》1월호부터 연재 시작하여 12월호까지 3천 2백 매 완결. 제2부를 2권의 단행본으로 출간.

1988년　『태백산맥』제3부를 《한국문학》3월호부터 연재 시작하여 12월호까지 3천 2백 매 완결. 제3부를 2권의 단행본으로 출간. 작품집『어머니의 넋』(한국문학사) 출간. 신문사 문학 담당 기자와 문학평론가 39인이 뽑은 '80년대 최고의 작품' 1위『태백산맥』(《문예중앙》, 1988년 여름호). 성옥문화상 수상.

1989년　『태백산맥』제4부를 《한국문학》1월호부터 연재 시작하여 11월호까지 4천 5백 매 완결. 제4부를 3권의 단행본으로 출간(전 10권 완간).『태백산맥』완결을 고대하며 투병하시던 아버지의 별세를 소설을 쓰다가 전화로 연락받음. 소설의 완결까지 연재 1회분 반을 남겨놓은 상태에서 아버지의 장례를 치름. 문학평론가 48인이 뽑은 '80년대 최대의 문제작' 1위『태백산맥』(『80년대 대표소설선』, 1989년, 현암사). 80년대의 '금단'을 깬 대표 소설『태백산맥』(《한겨레신문》, 1989. 12. 28).

1990년　새 대하소설 『아리랑』의 집필을 위해 중국 만주, 동남아 일대, 미국 하와이, 일본, 러시아 연해주 등지를 취재 여행. 12월 11일부터 《한국일보》에 2만 매로 예정된 『아리랑』 연재를 시작. 출판인 34인이 뽑은 '이 한 권의 책' 1위 『태백산맥』(《경향신문》, 1990. 8. 11). 현역 작가와 평론가 50인이 뽑은 '한국의 최고 소설' 『태백산맥』(《시사저널》, 1990. 11. 22). 동국문학상 수상.

1991년　『아리랑』 연재 계속. 작품 『태백산맥』으로 단재문학상 수상. 『태백산맥』으로 유주현문학상 수여가 결정되었지만 수상을 거부함. 이를 계기로 그 상이 폐지되었음. 『태백산맥』 연구서 『문학과 역사와 인간』(한길사) 출간. 전국 대학생 1,650명이 뽑은 '가장 감명 깊은 책' 1위 『태백산맥』, '대학생 필독 도서' 1위 『태백산맥』(《중앙일보》, 1991. 11. 26).

1992년　『아리랑』 연재 계속. 대검찰청에서 『태백산맥』이 국가보안법상의 이적 표현물과 적에 대한 고무 찬양에 저촉되는지를 내사한 결과 작가에 대한 의법 조치나 책의 판금을 문제 삼지 않기로 했다고 발표. '학생이나 노동자들이 읽으면 불온 서적 소지·탐독으로 의법 조치할 것이며, 일반 독자들이 교양으로 읽는 경우에는 무관하다'는 내용의 대검 발표는 모든 언론들의 비판과 조롱거리가 됨. 대검의 그런 공식적 태도는 『태백산맥』 1부가 단행본으로 발간되면서부터 작가에게 몇 년 동안에 걸쳐 줄기차게 가해져 온 모든 수사 기관들의 음성적 압력과 억압 그리고 협박이 대표적으로 표출된 것에 지나지 않음. 일본의 출판사 집영사와 『태백산맥』 전 10권 완역 출판 계약 체결, 일본에서 대하소설을 완역 계약한 것은 최초. 한국의 지성 49인이 뽑은 '미래를 위한 오늘의 고전 60선'에 『태백산맥』 선정(《출판저널》, 1992. 2. 20). 서울리서치 조사 독자 500명이 뽑은 '가장 기억에 남는 작품' 1위 『태백산맥』 (《조선일보》, 1992. 8. 25).

1993년 『아리랑』 연재 계속. 외아들 도현이 육군 사병 입대. 중편 「유형의 땅」이 영어로 번역되어 현대한국소설집(제목 『유형의 땅』, 샤프 출판사) 출간.

1994년 6월 『아리랑』 제1부 「아, 한반도」를 3권의 단행본으로 출간(도서출판 해냄). 8월 제2부 「민족혼」을 3권의 단행본으로 출간. 10월 제3부 「어둠의 산하」 중 일부가 제7권으로 출간. 12월 제8권 출간. 신문 연재로는 원고량을 다 소화할 수가 없어서 《한국일보》 연재를 중단하고 후반부 집필에 전념. 4월에 8개의 반공 우익 단체들이 작품 『태백산맥』과 작가를, 역사를 왜곡하여 국가보안법을 위반한 불온 서적 및 사상 불온자로 몰아 검찰에 고발함. 거기에다 이승만의 양자에 의해 이승만의 명예훼손죄 고발도 첨가됨. 6월에 치안본부 대공수사실(속칭 남영동)에서 수사를 받았고, 그 후 몇 개월에 걸쳐 출두 요구와 거부를 반복하는 동안에 『아리랑』 집필에 치명적인 피해를 받음. 『태백산맥』 영화화(태흥영화사), 영화 개봉을 앞두고 작가를 고발했던 반공 우익 단체들이 영화를 상영하면 극장과 영화사를 폭파하고 불 지르겠다고 공공연한 공갈 협박을 자행하여 대대적인 사회의 물의를 일으킴. 전국 애장가 720명이 뽑은 '가장 아끼는 책' 1위 『태백산맥』(《한겨레신문》, 1994. 10. 5).

1995년　2월 『아리랑』 제3부 「어둠의 산하」 중 일부인 제9권 출간. 5월 제4부 「동트는 광야」 중 일부인 제10권 출간. 7월 25일 총 2만 매의 『아리랑』 집필 완료, 4년 8개월 만의 결실. 7월 제11권 출간. 8월 해방 50주년을 맞이하며 제12권 출간(전 12권). 『태백산맥』을 출판사를 옮겨서 출간(도서출판 해냄). 「조정래 특집」《작가세계》 가을호). 서울대학교 신입생 218명이 뽑은 '가장 감명 깊게 읽은 책' 1위 『태백산맥』, '가장 읽고 싶은 책' 1위 『태백산맥』(《한겨레신문》, 1995. 3. 15). '우리 사회에 가장 영향력이 큰 책' 《시사저널》 조사 2위 『태백산맥』, 3위 『아리랑』(《시사저널》, 1995. 10. 26). 20대 남녀 독자 294명이 뽑은 '가장 읽고 싶은 책' 1위 『아리랑』(《도서신문》, 1995. 12. 30). 《한겨레21》의 독자들이 뽑은 '1995년의 좋은 인물'에 선정(《한겨레21》, 1995. 12. 28). 사회 각 분야 전문가 47인이 뽑은 '올해의 좋은 책' 1위 『아리랑』(《출판문화》, 1995, 송년 특집호). 1천만 명 서명을 목표로 하는 '태백산맥·아리랑 작가 조정래 노벨문학상 추천 서명인 발대식'이 1995년 11월 28일 종로 탑골공원에서 시민 단체 자발로 이루어짐(《중앙일보》, 1995. 11. 30).

1996년　단일 주제 비평서인 『태백산맥』 연구서 『태백산맥 다시 읽기』 권영민 집필로 출간(도서출판 해냄). 『아리랑』 연구서 『아리랑 연구』 조남현 외 11인의 집필로 출간(도서출판 해냄). 세 번째 대하소설을 위해 독일, 프랑스, 미국 등 취재 여행. 중편 「유형의 땅」 이탈리아어로 번역. 프랑스 아르마땅 출판사와 『아리랑』 전 12권 완역 출판 계약 체결. 일본에서 『태백산맥』

완역과 마찬가지로 프랑스에서 한국의 대하소설을 완역 계약한 것은 최초의 일. 미혼 직장 여성 502명이 뽑은 '친구에게 가장 권하고 싶은 책' 1위 『태백산맥』, 3위 『아리랑』, '가장 감명 깊게 읽은 책' 1위 『태백산맥』, 4위 『아리랑』(《동아일보》《조선일보》, 1996. 1. 18). 전국 20세 이상 독자 1천 200명이 뽑은 '가장 기억에 남는 소설' 1위 『태백산맥』(《동아일보》, 1996. 4. 29). '우리 사회에 가장 영향력이 큰 책'《시사저널》조사 1위 『태백산맥』, 5위 『아리랑』(《시사저널》, 1996. 10. 24).

1997년 새 대하소설을 위해 베트남, 사우디아라비아 등 취재 여행. '『태백산맥』 100쇄 출간 기념연'을 3월 6일 프라자호텔에서 개최(도서출판 해냄 주최), 증정본 겸 기념본으로 『태백산맥』 양장본 100질을 제작. 대하소설로 100쇄 발간은 최초의 일이며, 450만 부 돌파는 한국 소설사 100년 동안의 최고 부수라고 각 언론이 보도. 3월부터 동국대학교 첫 번째 만해석좌교수가 됨. 장편 『불놀이』 영역판(전경자 교수 번역)이 미국 코넬대학교 출판부에서 출간. 프랑스 유네스코에서 『불놀이』 번역 시작. 각 대학 수석 합격자 40명이 뽑은 '후배들에게 가장 권하고 싶은 소설' 1위 『태백산맥』, 5위 『아리랑』(《중앙일보》, 1997. 2. 25). 전국 국문과 대학생 150명이 뽑은 '가장 좋은 소설' 1위 『태백산맥』, 4위 『아리랑』(《조선일보》, 1997. 5. 15). 서울대학생 1천 명이 뽑은 '가장 감명 깊게 읽은 소설' 1위 『태백산맥』, 4위 『아리랑』(《조선일보》, 1997. 7. 23). 1997년 서울 6개 대학 도서관의 문학 작품 대출 1위 『태백산맥』(《동아일보》, 1997. 12. 28). 전남 보성군청에서 추진하던 '태백산맥 문

	학공원' 사업이 자유총연맹과 안기부의 개입·방해로 전면 좌초(《시사저널》, 1997. 9. 18).
1998년	『아리랑』 프랑스어판 제1부 3권이 4월 말에 출간(아르마땅 출판사). 문예진흥원 번역 지원으로 작품집 『유형의 땅』 프랑스어로 번역 시작. 세 번째 대하소설 『한강』을 《한겨레신문》 창간 10주년을 기념하여 5월 15일부터 연재 시작. 『태백산맥』 사건은 이때까지도 미해결인 채 국가보안법 위반 혐의자로 검찰에 걸려 있었음. 20·30대 사무직 남·여 600명이 뽑은 '지금까지 살아오면서 가장 기억에 남는 책'(전 세계의 작품을 대상) 한국출판연구소 조사 남자 국내 1위 『태백산맥』, 여자 국내 1위 『태백산맥』(《동아일보》, 1998. 4. 21). 서울대학 도서관 대출 1위 『아리랑』(《조선일보》, 1998. 7. 23). 제1회 노신(魯迅)문학상 수상.
1999년	《한국일보》 조사, 문인 100명이 뽑은 지난 100년 동안의 소설 중에서 '21세기에 남을 10대 작품'에 『태백산맥』 선정(《한국일보》, 1999. 1. 5). 《출판저널》 특별 기획, 각 분야 지식인 100인이 선정한 '21세기에도 빛날 20세기 책들(국내 모든 저작물 대상)' 36종에 『태백산맥』 선정됨(《출판저널》 1999년 신년 특집 증면호). 《한겨레21》 창간 5돌 특집, 전국 인문·사회 계열 교수 129명이 뽑은 '20세기 한국의 지성 150인'에 선정됨(《한겨레21》, 1999. 3. 25). MBC TV 〈성공시대〉 70분 특집방영 '소설가 조정래'. 『조정래문학전집』 전 9권(도서출판 해냄) 출간. 『태백산맥』 일어판 1·2권(집영사) 출간. 장편 『불놀이』 프랑스 유네스코에서 프랑스어판(아르마땅 출판사) 출간. 소설집 『유형의 땅』이 문예진흥원 선정으로 프랑스어판(아르마

땅 출판사) 출간. 출판인 50인이 뽑은 20세기 최고 작가 2위 《세계일보》, 1999. 12. 18). 《중앙일보》 선정 '20세기 명저 국내 20선(국내 모든 분야 망라)'에 『태백산맥』 선정됨(《중앙일보》, 1999. 12. 23). 《중앙일보》 선정 '20세기 한국의 베스트셀러'에 『태백산맥』 『아리랑』이 동시에 선정. 30개 중에서 한 작가의 두 작품이 동시에 선정된 것은 유일함(《중앙일보》, 1999. 12. 23).

2000년 『태백산맥』 일어판 10권 완간(집영사). 9월 29일, 『아리랑』의 발원지인 전북 김제시에서 시민의 이름으로 '조정래 대하소설 아리랑 문학비'를 벽골제 광장에 세우고, 제1호 명예시민증 수여. 그날 10시 29분에 첫 손자 재면(在勉)이가 태어나 희한한 겹경사를 이룸.

2001년 「어떤 솔거의 죽음」이 그림을 곁들인 청소년 도서로 출간(다림출판사). 광주시 문화예술상 수상. 자랑스러운 보성(普成)인상 수상. 11월 『한강』 제1부 「격랑시대」를 3권의 단행본으로 출간(도서출판 해냄). 12월 제2부 「유형시대」를 3권의 단행본으로 출간.

2002년 1월 3일 총 1만 5천 매의 『한강』 집필 완료. 3년 8개월 만의 결실. 1월 『한강』 제3부 「불신시대」의 일부를 2권의 단행본으로 출간. 2월 「불신시대」의 나머지를 2권의 단행본으로 출간. 『한강』 전 10권 완간. 1월 17일 작품 집필 때문에 6개월 동안 미루어왔던 탈장 수술 받음. 12월 등단 33년 만에 첫 번째 산문집 『누구나 홀로 선 나무』 출간(문학동네).

2003년 중편 「안개의 열쇠」《실천문학》, 단편 「수수께끼의 길」《문학사상》 발표. 2월 'Yes24 회원 선정 2002년의 책'에서 『한강』이 남자 1위, 여자 2위. 3월 만해대상 수상. 4월 제1회 동리문학상 수상. 5월 프랑스 아르마땅 출판사에서 『아리랑』 전 12권 완역 출간. 유럽 지역에서 한국의 대하소설이 완간된 것은 최초의 일. 5월 16일 전북 김제시에서 건립한 '조정래 아리랑 문학관' 개관식 개최. 생존 작가의 문학관이 세워진 것은 처음 있는 일. 둘째 손자 재서(在緖) 태어남.

2004년 4월 30일 프랑스의 시인이며 극작가인 테르지앙(Terzian)이 『아리랑』을 희곡화하여, 『분노의 나날』로 출간(아르마땅 출판사). 7월 1일 희곡집 『분노의 나날』을 『분노의 세월』로 시인 성귀수 씨가 번역 출간(도서출판 해냄). 8월 20일 『태백산맥』 프랑스어판 제1권 출간(아르마땅 출판사). 9월 1일 중편 「유형의 땅」이 독어판으로 출간(독일 페페르코른 출판사). 12월 15일 만화 『태백산맥』 1권이 박산하 씨 그림으로 출간(더북컴퍼니 출판사). 12월 20일 『태백산맥』 일어판 문고본 계약(일본 집영사).

2005년 단편 「미로 더듬기」《현대문학》. 1월 1일 《문화일보》 2005년 신년 특집으로 〈광복 60돌 '한국을 빛낸 30인'〉에 선정. 5월 26일 순천시에서 '조정래 길'을 지정하고 표지석 개막식 개최(낙안 구기-승주 죽림 사이). 4월 1일 서울지방검찰청에서 『태백산맥』 고소 고발 사건에 대해 만 11년 만에 무혐의 결정 내림. 5월 20일 MBC TV에서 〈조정래〉 3부작 제작(『태백산맥』 고소 고발 사건의 발단과 수사 경과, 무혐의 결정이 내려지기까지의 전 과정). 6월 23일 인터넷 서점 Yes24와 포털 사이트 네이버가 진행한 '네티즌 추천 한국 대표 작가-노벨문학상 후보를 추천해 주세요'에서 네티즌 6만 명이 참여해 조정래를 1위로 선정. 또, '한국인에게 큰 감동을 준 작품'으로 『태백산맥』을 1위로 선정. 8월 10일 장편 『불놀이』 독어판 이기향 씨 번역으로 출간(페페르코른 출판사). 8월 15일 『태백산맥』 프랑스어판 3권 출간. 8월 13~21일 인천시립극단에서 광복 60주년 기념 특별 공연으로 연극 〈아리랑〉을 인천종합문화예술회관에서 공연. 10월 5일 MBC TV와 『태백산맥』 드라마 계약.

2006년 장편 『인간 연습』 분재 1회 《실천문학》. 3월 15일 『태백산맥』 프랑스어판 4권 출간. 4월 10일 〈한국소설 베스트〉 시리즈로 『유형의 땅』 포켓북 출간(일송포켓북). 4월 15일 「미로 더듬기」로 현대불교문학상 수상. 6월 28일 장편 『인간 연습』 출간(실천문학사). 장편 『오 하느님』 분재 1회 《문학동네》, 10월 15일 『태백산맥』 프랑스어판 5권 출간.

2007년 1월 5일 한국 문학 대표작 선집 27 『황토』 출간(문학사상사). 1월 29일 『아리랑』 100쇄 돌파 기념연 개최(도서출판 해냄). 3월 26일 장편 『오 하느님』 단행본 출간(문학동네). 4월 20일 『태백산맥』 프랑스어판 6권 출간. 8월 10일 조정래 소설집 『어떤 전설』 출간(책세상). 10월 25일 '큰 작가 조정래의 인물 이야기(위인전 시리즈)' 첫 다섯 권(신채호, 안중근, 한용운, 김구, 박태준) 출간(문학동네). 11월 30일 『태백산맥』 프랑스어판 7, 8, 9권 출간. 12월 27일 『태백산맥』 프랑스어판 전 10권 완간.

2008년 4월 7일 KYN과 『아리랑』 TV 드라마 계약. 4월 10일 『교과서 한국문학』 시리즈 조정래편 5권 출간(휴이넘 출판사). 5월 1일 『죽기 전에 꼭 읽어야 할 책 1001』에 『태백산맥』이 선정됨. 서기 850년경에 씌어진 『아라비안나이트(천일야화)』에서부터 최근에 이르기까지 1,200여 년 동안 발표된 전 세계의 소설을 대상으로 평론가·학자·작가·언론인 등으로 구성된 국제적인 전문가 집단이 참여하여 1,001편을 가려 뽑은 책으로 우리나라 작품으로는 『태백산맥』과 『토지』가 뽑혀 수록됨(영국 카셀 출판사, 번역서 마로니에북스). 11월 20일 '큰 작가 조정래의 인물 이야기' 제6권 『세종대왕』, 제7권 『이순신』 출간(문학동네). 11월 21일 '조정래 태백산맥 문학관' 개관식(전남 보성군 벌교읍 회정리 『태백산맥』이 시작되는 지점). 12월 11일 '자랑스러운 동국인상' 수상. 12월 23일 '사회 각 분야 가장 존경받는 인물' 문학 분야 1위로 선정됨(《시사저널》 제1,000호 기념 특대호 특집).

2009년　3월 2일 『태백산맥』 200쇄 돌파 기념연 개최(도서출판 해냄). 대하소설로 200쇄 돌파는 최초. 9월 30일 자전 에세이 『황홀한 글감옥』 출간(시사IN북). 10월 26일 2007년 출간한 장편소설 『오 하느님』을 『사람의 탈』로 제목을 바꿔 개정 출간. 11월 18일 장애문화예술인들을 위한 'Art 멘토 100인 위원회 1호' 위원으로 위촉됨(한국장애인문화진흥회).

2010년　장편소설 『허수아비춤』을 계간지 《문학의 문학》 여름호에 600매 분재함과 동시에, 인터넷점 인터파크에도 2개월간 60회로 연재한 후 10월 1일 단행본으로 출간(도서출판 문학의문학). 11월 10일 장편 『불놀이』, 12월 1일 장편 『대장경』 개정판 출간(도서출판 해냄). 12월 2일 경남 창원에서 '고려

　　　　　대장경 팔각 불사 1,000년 기념'으로 장편 『대장경』을 오페라로 공연(경남음악협회). 12월 22일 장편 『허수아비춤』이 독자들이 뽑은 '2010 최고의 책'으로 시상식 거행(인터파크 도서). 12월 26일 장편 『허수아비춤』이 '2010 네티즌 선정 올해의 책'이 됨(Yes24).

2011년　4월 대하소설 『태백산맥』 『아리랑』 『한강』 전자책 출시, 이와 동시에 장편소설 및 중단편소설집도 개정 출간과 동시에 전자책 출시 결정. 6월 3~4일 예술의전당에서 '고려대장경 팔각 불사 1000년 기념' 오페라 〈대장경〉 공연(경남음악협회). 4월 25일 초기 단편 모음집 『상실의 풍경』 개정판 출간, 5월 30일 중편 「황토」와 7월 25일 중편 「비탈진 음지」를 장편으로 전면 개작해 단행본 『황토』 『비탈진 음지』로 출간, 10월 10일 『어떤 솔거의 죽음』 개정판 출간(이상 모두 도서출판 해냄).

2012년　2월 유비유필름과 『태백산맥』 드라마판권 계약. 4월 영국 놀리지펜 출판사와 『태백산맥』의 영어·러시아어 번역출간 계약. 4월 30일 『외면하는 벽』 개정판 출간(도서출판 해냄). 7월 중편 「유형의 땅」이 전경자의 영어번역으로 영한대역 『유형의 땅』으로 출간(도서출판 아시아). 9월 30일 『유형의 땅』 개정판 출간(도서출판 해냄), 11월에는 《출판저널》이 뽑은 '이달의 책'으로 선정됨. 10월 5일 『사람의 탈』 영어판 출간(Merwin Asia). 『금서의 재탄생』(장동석 저, 북바이북)과 『금서, 시대를 읽다』(백승종 저, 산처럼)에서 금서로서의 『태백산맥』을 집중 조명함.

2013년　2월 23일 참여연대로부터 공로패 받음. 2월 25일 단편집 『그림자 접목』 개정판 출간(도서출판 해냄). 3월 대하소설 『아리랑』의 뮤지컬 제작을 위해 신시컴퍼니(대표 박명성)와 판권 계약 체결. 3월 25일부터 인터넷 포털 사이트 네이버에 『정글만리』 일일연재를 시작, 7월 10일 108회를 끝으로 연재 종료와 동시에 7월 12일 단행본 전 3권으로 출간(도서출판 해냄). 10월 7일 『정글만리』 중국어판 출판계약 체결. 『정글만리』에 대해; 10월 7일 문화계 인사 60인이 선정한 '2013 출판부문 1위.' 10월 24일 《중앙일보》·교보문고가 공동 선정한 '2013년 올해의 좋은 책 10.' 11월 26일 제23회 한국가톨릭매스컴상 수상(출판부문). 12월 9일 출간 5개월 만에 100만 부 돌파 최단 기록. 12월 11일 한국예술평론가협의회 선정 제33회 '올해의 최우수 예술가상' 수상(문학부문). 12월 14일 《동아일보》가 선정한 '2013 올해의 책.' 12월 20일 Yes24 네티즌 선정 '2013년 올해의 책' 1위. 12월 21일 《조선일보》가 선정한 '2013년 올해의 책.' 12월 26일 인터파크도서 '제8회 인터파크 독자 선정 2013 골든북 어워즈'에서 골든북 1위, 골든북 작가부문 1위. 12월 30일 알라딘 독자 선정 '2013년 올해의 책' 1위.

2014년 1월 8일 《매일경제》·교보문고 공동 선정 '2014년을 여는 책 50.' 1월 10일 국립중앙도서관 통계, '2013년 도서관에서 가장 많이 이용한 도서' 1위. 3월 6일 뮤지컬 〈태백산맥〉 개막, 3월 8일까지 공연(순천시립예술단). 3월 15일 『정글만리』 100쇄 돌파(『태백산맥』 2번, 『아리랑』 1번에 이어 네 번째 100쇄 돌파가 됨). 6월 12일 벌교읍 부용산 아래, 복원된 보성여관(소설 속의 남도여관)으로 이어진 '태백산맥길' 첫머리에 조성된 '태백산맥 문학공원 기념조형물 제막식'이 열림. 높이 3미터, 길이 23미터의 조형물에는 작가의 약력, 『태백산맥』에 대한 평가, 『태백산맥』의 줄거리, 그리고 작가의 흉상이 조각되어 있다. 그런데 그 조각은 모두를 놀라게 할 만큼 특이하고도 독창적이다. 조각가인 서울대학교 이용덕 교수는 세계 최초의 기법인 '역상(逆像) 조각'으로 그 창조성을 감동적으로 보여주고 있다. 9월 20일 제1회 심훈문학대상 수상. 12월 15일 인터뷰집『조정래의 시선』 출간(도서출판 해냄).

2015년 6월 15일 『아리랑 청소년판』 출간(조호상 엮음, 백남원 그림, 도서출판 해냄). 7월 16일 뮤지컬〈아리랑〉개막, 9월 5일까지 공연(신시컴퍼니). 8월 5일 장편소설 『허수아비춤』 개정판과 함께, 문학 인생 45년을 담은 『조정래 사진 여행: 길』 출간(도서출판 해냄). 10월 3일 제2회 이승휴문화상 문학상 수상.

2016년 7월 12일 장편소설 『풀꽃도 꽃이다』(전 2권) 출간(도서출판 해냄). 10월 4일 『정글만리』를 영어로 옮긴 『The Human Jungle』이 브루스 풀턴 교수와 윤주찬 씨의 번역으로 미국 현지에서 출간(Chin Music Press Inc). 11월 8일 『태백산맥 출간 30주년 기념본』(전 10권) 및 『태백산맥 청소년판』(전 10권) 출간(조호상 엮음, 김재홍 그림, 도서출판 해냄).

2017년 7월 25일~9월 3일 뮤지컬〈아리랑〉공연(신시컴퍼니). 11월 21일 은관문화훈장 수훈. 11월 30일 시조시인 조종현, 소설가 조정래, 시인 김초혜의 문학적 성과를 기념하고 그 정신을 이어 나가고자 전라남도 고흥군에 설립된 '조종현 조정래 김초혜

가족문학관' 개관.

2018년 2월 9일 〈2018 평창 동계올림픽대회〉 성화 봉송(오대산 월정사 천년의 숲길). 4월 20일 맏손자 조재면과 함께 집필한 『할아버지와 손자의 대화』 출간(도서출판 해냄).

2019년 장편소설 『천년의 질문』을 네이버 오디오클립에 오디오북 형태로 30회 연재한 후 6월 11일 단행본 전 3권으로 출간(도서출판 해냄). 11월 2일 조정래 작가의 문학적 성취를 기리고 국내 문학을 대표하는 중견 작가의 작품 활동을 지원하기 위해 제정된 '조정래문학상' 제1회 개최(전남 보성군 벌교읍민회). 11월 11일 '서점인이 뽑은 올해의 작가'로 선정됨(한국서점조합연합회). 12월 12일 『천년의 질문』이 '2019년 올해의 책'으로 선정됨(Yes24).

2020년 3월 1일 서울 종로구 배화여고에서 열린 〈3·1절 101주년 기념식〉에서 묵념사 집필·낭독. 6월 25일 강원도 철원군 백마고지 전적지에서 6·25전쟁 70주년 기념 '한반도 종전기원문' 집필·낭독. 이 기원문은 김정은 북한 국무위원장, 도널드 트럼프 미국 대통령, 안토니우 구테흐스 유엔 사무총장 등에게 전달됨. 7월 2~4일 뮤지컬 〈아리랑〉 공연(전주시립예술단). 8월 1일 등단 50주년을 기념하며 자전 에세이 『황홀한 글감옥』 개정판 출간(도서출판 시사IN북). 10월 15일 대하소설 『태백산맥』, 『아리랑』, 11월 30일 『한강』의 등단 50주년 개정판 출간 (도서출판 해냄). 『한강』 100쇄 돌파(『태백산맥』 2번, 『아리랑』 1번, 『정글만리』 1번에 이어 다섯 번째 100쇄 돌파가 됨). 10월 15일 반세기 문학 인생 및 남녀노소 독자들의 질문 100여 개에

		대한 작가의 답을 담은 산문집 『홀로 쓰고, 함께 살다』 출간(도서출판 해냄).
2021년		4월 30일 장편소설 『인간 연습』 개정판 출간(도서출판 해냄). KBS와 한국문학평론가협회가 공동으로 진행한 연중기획 〈우리 시대의 소설〉에 『태백산맥』 선정 및 방영됨(제26화).
2022년		6월 18일 경남 창원에서 콘서트 오페라 〈대장경〉 공연(창원문화재단). 『천년의 질문』 경기도 공공도서관 60대 이상 대출 1위 도서 선정.
2023년		4월 영국 펭귄-랜덤하우스가 '펭귄 클래식' 시리즈 최초로 출간한 한국문학 번역 선집 *The Penguin Book of Korean Short Stories*에 「유형의 땅」 번역 수록. 브루스 풀턴 교수가 편집하고 권영민 교수가 서문을 씀. 윌라 오디오북 대작 라인업으로 조정래 대하소설 3부작과 『정글만리』를 독점 공개하기로 함. 7월 24일 『태백산맥』을 시작으로 10월 『아리랑』, 12월 『한강』 공개. 10월 28~29일 태백산맥문학관 개관 15주년 기념행사로 북토크와 문학기행 등 진행.

조정래 소설
황토

초판1쇄 / 2011년 5월 30일
초판 11쇄 / 2023년 11월 10일

저자 / 조정래
발행인 / 송영석
발행처 / (株)해냄출판사

등록번호 / 제10-229호
등록일자 / 1988년 5월 11일(설립연도 | 1983년 6월 24일)

04042 서울시 마포구 잔다리로 30 해냄빌딩 5·6층
대표전화 / 326-1600 팩스 / 326-1624
홈페이지 / www.hainaim.com

ⓒ 조정래, 2011

ISBN 978-89-6574-003-2

파본은 본사나 구입하신 서점에서 교환하여 드립니다.